여행작가 **최기종** 교수의
시와 수필로 풀어낸 **참된 여행**의 재미

마실

경덕출판사

나그네

여행은
녹작지근한 바람의 끈
맹랑한 일진日辰에
치열한 방랑이 아니라면
참 여행 아니리
정처 없는 말[言]
긴한 뜻이 없는 대화
이름을 버린 목적
반기지 않는 이웃이
우리 인생이었거니
누구인지
어디서 왔는지
어디로 갈 건지도
도통 알 수 없는
나그네 길에서
참된 여행자 홀로
새벽을 꿈꾸며
세월 강 너머
방랑의 유혹을 퍼 마신다

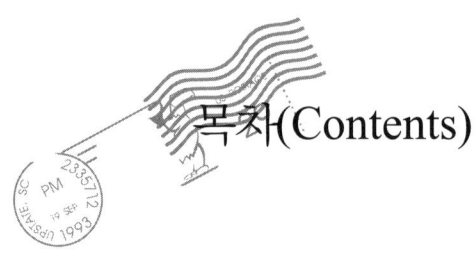

목차(Contents)

序 詩 _03

제 1부_ 여행의 매력속으로

- 행운유수 • 행운유수 _09
- 달팽이 • 생활에 여유를 갖자 _15
- 정부혁신전문가의 오찬 이야기 • 영빈관 오찬 간담회 _23
- 경복대학京福大學 • 불모지의 상아탑 _31
- 바다낚시 • 추억의 바다낚시 _39
- 목화이야기 • 자월도를 다녀와서 _47
- 탐석 • 풍도 탐석 여행 _53
- 이일레 해수욕장 • 승봉도 일주 _59
- 알짜배기 • 잘 산다는 것은 _67
- 등산 • 민족의 영산 태백산 _75

제 2부_ 평범한 여행은 가라

- 8박9일 • 생애 첫 일본여행 _83
- 축제의 날 • 기온 마츠리 _91
- 몽골에서 • 몽골 대초원 _99

- 진정한 나를 찾으러 • 눈 내리는 황산 _ **107**
- 상징 그 이후 • 우여곡절이 많았던 중국 여행 _ **115**
- 예원豫園 • 서비스를 모르는 CA항공사 _ **123**
- 즐거운 쉼터에서 • 새 떼와 부딪힌 푸껫항공 **131**
- 빈혈 • 아찔했던 졸업여행 _ **139**
- 애! 앙코르와트 • 애! 앙코르와트 _ **147**
- 개미군단 • 베트남 구찌땅굴 • **154**
- 환상의 섬 • 환상의 섬, 하롱베이 _ **163**
- 진주 해변에서 • 태풍과 싸운 보라카이 여행 _ **171**
- 발리 섬 • 발리 섬 _ **179**

제 3부_ 툭툭 기어창고에서

- 골드코스트 • 아름다운 호주 _ **187**
- 길고 흰 구름의 땅 • 태평양의 낙원 뉴질랜드 _ **195**
- 노숙 • 외국에서의 노숙체험 _ **203**
- 드니프로 강에서 • 아주 특별한 저녁만찬 _ **211**
- 시원始原과 마주 서서 • 까만 밤을 하얗게 _ **219**
- 태양의 문 • 스페인 여행 _ **227**
- 이집트 여행 • 잊을 수 없는 이집트 여행 _ **235**
- 나이아가라 • 나이아가라 폭포의 위용 _ **243**

제1부

여행의 매력속으로

❶ 행운유수
❷ 행운유수
❸ 달팽이
❹ 생활에 여유를 갖자
❺ 정부혁신전문가의 오찬 이야기
❻ 영빈관 오찬 간담회
❼ 경복대학京福大學
❽ 불모지의 상아탑
❾ 바다낚시
❿ 추억의 바다낚시
⓫ 목화이야기
⓬ 자월도를 다녀와서
⓭ 탐석
⓮ 풍도 탐석 여행
⓯ 이일레 해수욕장
⓰ 승봉도 일주
⓱ 알짜배기
⓲ 잘 산다는 것은
⓳ 등산
⓴ 민족의 영산 태백산

많은 사람들이 갖는 커다란 욕망(慾望) 가운데 한 가지는 여행을 하는 일일 것이다. 그 가야 하는 행선지가 어디라는 것은 큰 문제가 되지 않는다. 그저 어디고 간에 여행 한다는 그 자체가 즐겁다는 사실이다.

행운유수 行雲流水

지리한 일상과 제한을 피해
훌쩍 떠나는 즐거움
호기심을 동반한 은근짜 한 기대감이
이제껏 허전했던 옆구리를
슬며시 찌른다
일상에서 벗어난 해방감에
마냥 솟구치는 새벽하늘은
청록 빛이다
일정한 시간의 범주 안에서
빠르게 달려온 세월
시간을 더듬으며 어렵사리 얻은
지식이란 놈의 정체가
새삼 낯설다
길을 나서 보아야
저절로 감겨드는 것이 즐거움이고
시나브로 쌓이는 것이
건강의 축복임을 알게 되는 일
가슴 설레는
여행의 매력이다

행운유수 行雲流水

'오늘날 많은 사람들이 갖는 커다란 욕망慾望 가운데 한 가지는 여행을 하는 일일 것이다. 그 가야 하는 행선지가 어디라는 것은 큰 문제가 되지 않는다. 그저 어디고 간에 여행한다는 그 자체가 즐겁다는 사실이다. 일과를 깨끗이 잊고 어제까지 어깨를 짓누르고 있었던 잡다한 생각들을 훌훌 벗어버리고 떠나는 일, 그것이야말로 참된 의미의 여행이라고 할 수 있다'. 여행은 비록 작정하고 할애해야 하는 시간과 경제성을 다분히 필요로 하기는 하지만, 계산할 수 없는 소중한 것들을 우리에게 남겨준다.

여행에서 얻을 수 있는 가장 소중한 것은 즐거움[樂]이다. 여행이란 우선 즐거움을 안겨주기 때문에 떠나는 것이다. 여행은 떠나는 그 순간부터 그저 즐겁다. 그것은 나날이 되풀이되는 지리한 일상생활에서 벗어난다는 해방감에서 오는 것인지도 모른다. 아니면 낯선 미지의 세계에 대한 호기심과 기대감, 조금은 가슴 설레게 하는 모험심도 한편에 곁들여 있기 때문이리라. 여행은 새로운 경험을 통해 미처 생각하지 못한 신선한 즐거움을 선물해 주며, 때로는 내일을 살아가는 데 꼭 필요한 활력소가 되어 주기도 한다.

여행은 약간의 제한이 따르기도 하지만, 일정한 시간과 범위 안에서 자유自由를 선물한다. 아니, 어쩌면 느낌으로는 완전한 자유를 맛보게 해주는 지도 모르겠다.

아침에 눈을 뜨면서부터 우리는 가족의 한 사람으로서, 가정이라는 테두리 안에 살고 있다는 사실을 확인하게 된다. 가족의 구성원인 사람들은 날마다 자기 자리에서 맡은바 일을 하게 된다. 특히 가족을 책임지는 가장家長들은, 직장이라고 하는 제한 속에 갇혀 하루 종일 복잡한 일과 씨름을 하는 것이 현실이다.

각자 답답한 일상에서 벗어나고 싶은 어느 날, 여행을 훌쩍 떠나게 되면 새롭게 다가오는 환경 속에서 무한의 자유를 누리며 행복감을 만끽하게 된다. 여행지에서 심신을 달래고 새로운 경험을 하고 나면 그 지긋지긋하던 얽매임이 새삼 소중한 것으로 다가오게 되고, 이제까지 구속이라고 생각했던 가정이 문득 그리워지게 된다. 떠나보지 않으면 느낄 수 없는 것을 여행을 통해 알게 되는 것이다.

여행은 우리에게 알게 모르게 크나큰 지식知識을 준다. 모름지기 올바른 지식이란 실전과 경험을 통해 얻어지는 법이다. 직접 자기 눈으로 보고, 만져 보고, 겪어 봄으로써 산지식이 되는 것이다. 지식이란 것은 곧 안다는 것이고, 또 아는 마음을 가리킨다. 우리는 여행길에 오르는 순간부터 낯선 것을 보게 되고 새로운 것을 알게 되어 지식을 쌓게 된다. 애써 배우려고 하지 않더라도 저절로 배우고 습득하게 되는 것이 여행의 매력이다.

여행은 우리에게 건강健康을 선물해 준다. 건강하게 오래 살고 싶어 하는 것은 모든 사람이 바라는 것이다. 그것은 힘이나 재력으로는 살 수 없기 때문이다. 이와 같이 소중한 건강이 여행 중에 시나브로 얻어 지는 것이다. 여행은 매연과 탁한 공기로 가득한 도시의 생활에서 찌든 우리의 몸과 마음을 깨끗하게 씻어 준다.

여행을 하다 보면 으레 아름다운 산하山河를 만나게 된다. 맑은 숲 속 공기를 마시며 계곡을 질주하는 물살에 발을 담그면 심신의 피로가 한 꺼번에 풀리게 된다. 아름다운 들꽃을 바라보고 새소리를 듣는 시간에 는 세상의 근심이 모두 날아가 버린다. 오솔길을 걷다보면 저절로 운동 이 되어 생활에 지쳐 힘들었던 신체가 건강해 진다. 평소 운동부족인 우리의 몸에 활력을 불어넣게 되는 것이다.

여행은 그 당시에만 즐거움을 주는 것이 아니라 두고두고 즐거움을 되새기게 하는 아름다운 추억追憶을 선물한다. 여행지에서 만난 새로운 풍경이나 처음 만난 사람, 또는 멋지게 나온 사진 한 장, 그리고 잊지 못할 이야기 등을 다시 돌아보게 하는 것이다. 여행은 시간이 지날수록 좋은 이야깃거리가 되어, 오래 기억할 소중한 추억을 우리에게 준다.

이처럼 여행은 인생의 폭을 넓히는 데도 중요한 역할을 할 뿐만 아니 라 더욱 다양한 지식을 얻을 수 있게 하고, 마음의 여유를 가지게 한다. 그 날 그 날의 생활을 인생의 사업이라 한다면, 여행은 인생의 아름다 운 예술전반이라고 할 수 있다. 여행은 우선 떠나고 보아야 한다. 행운 유수行雲流水가 곧 여행의 기본이기 때문에. 📷

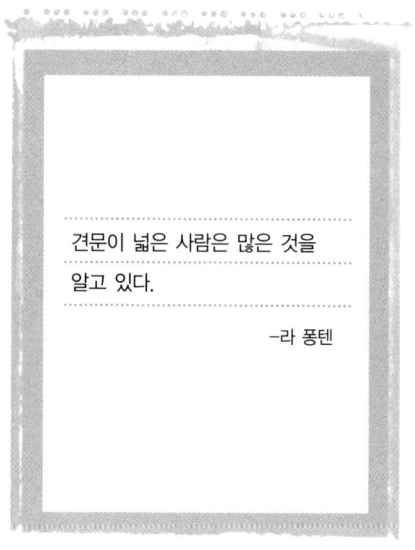

견문이 넓은 사람은 많은 것을
알고 있다.

-라 퐁텐

흙장난을 통해 자연을 배우게 되고, 장난감 장난감 놀이를 통해 창의력과 두뇌를 발달시키는 계기가 되기도 한다. 어른들에게 있어서도 놀이는 스트레스 해소에 최고의 방법일 뿐 아니라, 인생의 폭을 넓히는 데도 중요한 역할을 한다.

달팽이

여가와 문화의 시대에

촉각을 곤두세우는 빠른 빛

까닭 없다

깡마른 길 위를

느릿느릿 기어가는 달팽이 한 마리

가다가 멈칫 쉬는 몸 위에도

여지없이 햇볕의 너그러움이 함께 한다

하늘아래인데

나에게만 평생 그늘일리야

등껍질 버거워 혼신으로 업고도

유유히 햇볕 즐기는 작은놈을 보자니

웃음이 난다

아하! 사는 거란 저런 거로구나

쉬어 가면서

염치없이 힘을 충전 하는 일

그래야 끝까지

기어갈 수 있다는

생활에 여유를 갖자

21세기는 여가와 문화의 시대이다. 시대의 변화에 따라 패러다임이 변해온 것처럼, 여가와 문화에 대한 새로운 패러다임을 제대로 인식하지 못하면 건강하게 살기는 어려울 것이다.

오늘날 현대인들은 피로의 연속선상에서 분주하고 각박하게 살아가고 있다. 몸과 마음의 긴장을 해소시키거나 놀이문화를 접할 수 있는 여유시간을 갖기가 어려워졌을 뿐만 아니라 스트레스를 해소할 수 있는 다양한 놀이문화도 정착되지 못했다.

그런 연유에서일까? 세상에는 일밖에 모르는 고지식한 사람이 의외로 많다. 일에만 매달려서 여행이나 여가생활은 아예 낭비적인 요소로 간주하며 살아간다.

놀이에 대해서는 부정적인 생각을 가지고 있는 사람들이 많기 때문에, 놀이 보다는 일이 우선이라 여기며 자신을 혹사하는 경우를 쉽게 보게 된다. '건강을 잃으면 모두를 잃는 것' 이라는 이야기를 하면서도, 일에만 전념하며 생활의 여유를 잊고 사는 사람들을 볼 수 있다.

물론 이러한 삶도 그들 나름대로의 의미는 있다. 하지만 염려스러운 것은 이러한 생활방식으로 인해 자신의 삶을 고단하고 메마르게 만들 수 있다는 것이다. 또한 외부와의 접촉이 부족하게 되어 '우물 안 개구리'에 비유되는 답답한 사람으로 변화할 수도 있다. 더 나아가 이러한 생활습관은 능률성을 떨어뜨리기도 하고, 자신 속에 스스로 갇혀 우울증 같은 정신적인 장애를 가져오는 중요한 원인으로 작용하기도 한다.

풍요로운 삶은 일과 여가의 균형 속에서 비로소 얻어질 수 있다. '열심히 일하고 열심히 논다.'는 말이 바로 이러한 점을 잘 대변해 주고 있다.

후이징가(John Huizinga)는 여가생활의 중요성을 강조하여 인간을 놀이하는 존재, 유희하는 인간으로 보고 놀이를 인간의 본질, 문화의 근원으로 파악하였다. 즉 문화는 놀이로서 시작되고, 초기부터 매우 놀이 화 된다고 보고 있다. 따라서 인간문화는 놀이의 연속이며, 놀이는 문화보다 우선시 되는 것이다.

놀이는 보통 어린이들에게 사용되는 용어로써, 비교적 조직성이 약하고 내용이 단조로운 것으로 인식할 수 있다. 그러나 어린 시절의 다양한 놀이들은 사회의 규칙을 습득하는데 있어, 없어서는 안될 만큼 중요한 의미를 지니고 있다.

흙장난을 통해 자연을 배우게 되고, 장난감 놀이를 통해 창의력과 두뇌를 발달시키는 계기가 되기도 한다. 어른들에게 있어서도 놀이는 스트레스 해소에 최고의 방법일 뿐 아니라 인생의 폭을 넓히는 데도 중요한 역할을 한다. 놀이를 통하여 보다 폭넓은 지식을 흡수 할 수 있고 생활의 여유도 가질 수 있다.

역사를 돌이켜 볼 때, 우리의 조상들도 여가생활을 통해 놀이를 즐기며 살았음을 알 수 있다. 주로 명절 때 민속놀이를 하면서 가족, 친척, 이웃들과 사이좋게 어울려 지냈다. 당시의 여가생활은 단순히 놀고 즐기는 의미도 없지 않았으나, 가정과 마을의 평화를 빌거나 그 해의 풍년을 비는 생산적인 의미도 있었다. 이처럼 놀이는 일상생활 속에서 중요한 역할을 하면서 오늘날까지 전해내려 온 것이다.

양반들은 서화書畵와 바둑, 뱃놀이를 즐겼으며 서민들은 윷놀이, 농악놀이, 씨름, 널뛰기 등으로 친목을 다지며 흥을 돋우었다. 아이들은 돌을 이용하는 놀이인 사방치기와 얼음위에서나 혹은 땅에서 즐기는 팽이치기, 자치기, 쥐불놀이 등의 다양한 놀이를 즐겼다. 놀이 문화를 통해, 크게는 서로의 화합을 다지고, 작게는 나름대로 자신의 인생을 풍요롭게 가꾸며 정신적인 여유를 누리며 살아왔던 것이다.

현대인들은 집을 떠나 출장을 갈 때나, 아니면 다른 지역으로 여행을 할 때 놀이의 요소를 염두에 두고 계획을 잡는다. 출장이나 여행중에 특색 있는 곳을 관광하거나, 그 지방만의 토속적인 음식을 즐길 수 있는 시간적인 여유를 할애한다. 여가생활을 이용하여 몸과 마음을 쉬게 함으로써 일을 할 수 있는 힘을 스스로 재충전 하게 되는 것이다.

지혜로운 사람들은 이러한 시간들을 귀중하게 사용함으로써 그 지역만이 가지고 있는 문화적인 특성과 고유의 풍습을 배우고 익혀 업무 활동이나 일상생활에 적극 활용하게 된다. 이렇게 여가의 경험으로 쌓은 지식은 다음 번 여행에 매우 유용하게 활용될 수 있다. 건강하고 아름다운 인생을 영위하기 위해서는 바쁜 일정 속에서도 여가시간 활용의 중요성은 잊지 말아야 하는 것이다.

여가활동은 우리의 인생을 성공적으로 이끄는데 크게 기여한다. 같은 취미를 가진 사람을 만나 여가시간을 즐기는 도중에 친숙하여 지고, 이후에 친밀한 관계가 자신의 일과 연결되어져 미처 생각지 못한 좋은 결과를 낳기도 한다. 여가를 즐기는 동안에 다가오는 신선한 자극이, 인생을 뒤 바꿀만한 자기실현의 기회가 되는 것이다. 신명나는 여가생활의 중요한 역할을 잊어서는 안 되는 것이다.

여가생활을 즐기는 일에 대표할 수 있는 것을 꼽으라면 나는 당연히 '여행이 으뜸' 이라고 말하고 싶다. 여행은 그 땅의 문화와 역사를 이해하는 산지식을 제공할뿐더러 그 동안 세상살이를 통해 쌓였던 스트레스를 해소하는데도 큰 도움을 준다.

사마천司馬遷은 소년 시절에 하루도 쉬는 일 없이 여행을 했다고 한다. 그의 여행은 경물景物을 구경하는 데만 있는 것이 아니었다. 장차 천하의 대관大觀을 보고 자신의 기氣를 조장하려는데 있었다. 회강淮江의 그 파도를, 만학萬壑의 웅심을, 모든 전지戰地의 회고를, 바로 자기 문장으로 옮겼다.「사기史記」가 바로 그것이다.

이처럼 여행은 미지의 세계와 만나는 일이자 많은 사람들과 만나는 유익한 기회가 된다. 여행 도중에 좋은 사람을 얼마나 많이 만나는가에 따라 앞으로의 인생이 결정될 수도 있다.

나는 여행을 하면서 뜻하지 않은 일을 많이 겪었다. 힘든 일이 닥칠 때마다 고통을 지혜롭게 해결하고 극복하는 순간을 보내면서 더 많은 것을 얻을 수 있었다. 함께한 사람들로부터 평소 느껴보지 못한 정을 느끼며 훨씬 친숙한 사이가 되기도 하고, 여행을 통해 무엇과도 바꿀 수 없는 소중한 경험을 얻게 되므로 세상을 살아가는데 재산보다 소중한 기회를 가지게 되는 것이다.

인간은 로봇이나 기계가 아니다. 따라서 인간에게는 기본적으로 일상생활의 단조로움으로부터 벗어나려는 본능적이고 자연스런 욕구가 존재한다. 일상생활의 규칙적인 반복만으로는 삶의 질이 떨어지기 때문이다. 놀이와 여행을 포함한 여가생활은 바로 이러한 일상적인 단조로움을 메워줄 수 있는 중요한 요소이다. 전문화된 초스피드 시대를 살아가고 있는 오늘날, 우리 모두 다시 한번 생각해야할 대목이다.

길을 떠나서 여가를 즐기든, 아니면 지금 처해진 환경 속에서 여분의 시간을 보내든 여가생활을 즐기는 방법은 참으로 다양하다. 자신의 능력을 고려한 스포츠 활동, 예술적인 활동, 사회적인 활동, 지적 활동 등을 통하여 삶을 기름지게 할 수 있는 자신만의 여가선용 시간을 확보하여야 한다. 너나없이 그렇게 함으로써 풍요로운 인생을 누리는 일에 박차를 기해야 하지 않을까? 📷

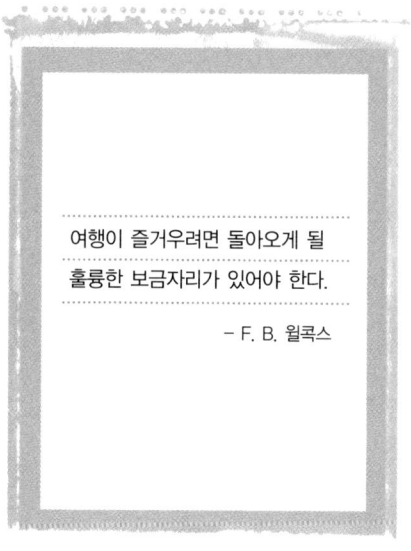

여행이 즐거우려면 돌아오게 될
훌륭한 보금자리가 있어야 한다.

- F. B. 윌콕스

정부혁신전문가의 오찬 이야기

'세상이 변화하고 있기에
변화하지 않으면 앞서갈 수 없기에
변화하지 않으면 살아남기 어려울 만큼이나
주체 못할 빠른 속도로 세상이 변화하고 있어서
하여
대응하는 전략을 세운 즉
해답은 혁신이라'
생각과 세월을 항상 앞지르고
행동을 점검하고
꼼꼼히 돌아보기를 하며
백성을 위한 혁신을 일상생활화 해야만 하는
어느 정부혁신전문가의 오찬 이야기
푸른 기와집 영빈관에서 식순에 따라 개회가 선언되고
(초대받아 밥을 먹는 일도 간단하지만은 않다)
동영상 상영과 환영의 말씀
(열정적으로 국정과제에 참여함에 대한 감사의 표현)

참석자 소개와 건배제의에 이어 기대하던 오찬
(점심 한 끼니 조촐하게 먹기까지 꽤 한참을 기다렸다)
해삼버섯 게살 샥스핀 스프, 송이 관자 브로콜리
닭고기 로딩콩 볶음, 부추피망 쇠고기 볶음과 꽃빵
양주볶음밥 야채탕, 행인 홍시 시미로를 먹다
자유로이 움직일 수 없는 긴장된 공간에서
(화장실도 마음대로 갈 수 없어 끝까지 참아야 한다)
멀게만 느껴지던 백성의 어버이를 가까이 대면하고
이야기를 나누고 고충을 듣고
옆 옆자리에서 기념촬영을 마치고 나서야
푸근하고 인심 좋은 옆집 아저씨 내외를 알게 되었다
푸른 기와집 그곳이 누구에게나 열린 공간이었다면
그 사람이 누구나 만날 수 있는 사람이었다면
진작 서로의 노고에
진정한 박수를 보낼 수도 있었으련만

영빈관 오찬 간담회

'**세상**은 빠르게 변화고 있다. 변화하지 않으면 앞서갈 수 없으며, 변화하지 않으면 살아남기 어려울 만큼이나 주체 못할 빠른 속도로 세상이 변화고 있다.'

변화하지 않으면 살아남을 수 없는 세계화 시대에, 대응하는 전략을 세운 것이 '혁신'이었다. 전국 시·도·군에 소속되어 있는 각 부서마다 혁신에 관한 의지를 가지고 사안을 내고 현장에서 유익하게 실행하고 있는 것을, 세밀하게 검토하고 확인하는 과정을 수행하는 일이 정부혁신 평가단에게 맡겨진 임무였다.

개인적으로 바쁜 일정을 뒤로 하고 정부혁신 평가단원으로서 며칠 밤을 새우는 작업을 통해 심층평가에 들어갔다. 현장을 방문해 세부적으로 구분된 혁신업무를 파악하고 세 세부까지 검토를 해 보니, 때로 미흡한 부분이 없지는 않았으나, 전반적으로는 행정력을 동원하여 국민을 위해 역할을 감당하는 국가의 참 모습을 찾아볼 수 있었다.

그동안의 노고를 치하하기 위한 정부혁신 전문가 초청 오찬 간담회에 참석하기 위해 오전 10시 30분 쯤 정부중앙청사 별관으로 갔다. 먼저, 2층 대강당 입구에 마련된 참석자 명단에 서명을 하고 안내자료를 받은 다음, 일행들과 함께 안으로 들어가 '참석자 사전교육'을 받았다.

교육내용은 행사일정, 차량탑승 조, 테이블 번호, 사진촬영 등에 관한 내용이었다. 사회자는 차량탑승 조와 테이블 번호, 사진촬영 조, 비표는 숙지해야 한다고 강조하였고, 핸드폰 전원은 끄고, 화장실도 사전에 다녀오라고 하였다. 또한 교육이 끝나면 각자 안내자료를 참조하여 탑승차량 번호, 비표번호를 확인하고 경호관의 안내에 따라 이동하라고 설명해 주었다.

내가 타고 갈 차량탑승 조를 확인해 보니 1조에 1호차, 비표는 47번이었다. 나는 필요한 내용을 숙지하고 화장실을 다녀왔다. 자유로이 움직일 수 없는 긴장된 공간에서 오찬을 나누는 동안에는 화장실도 마음대로 갈 수 없어 끝까지 참아야 한다고 했다.

교육을 마친 일행들은 차량번호를 확인하고 각자의 버스에 발 빠르게 승차했다. 나는 버스에 승차한 다음, 경호관에게 비표와 신분증을 제시하고 명단을 확인 받았다. 정해진 시간에 영빈관에 도착해야 하기 때문이다. 명단 확인은 빠른 시간 내에 이루어 졌다.

오전 11시 30분 버스는 복잡한 광화문 대로를 지나 청와대 영빈관을 향해 출발했다. 모두들 설레고 긴장되는지 무거운 침묵이 흐르기 시작했다. 버스가 광화문과 경복궁을 지나자 파란 색의 기와집이 눈에 들어왔다. 난 청와대를 처음 방문하는 것은 아니지만, 초대 받아 가는 일은 처음 있는 일이라 그런지 마음이 뿌듯했다.

영빈관 앞에 다다르자 큰 대문이 열렸다. 버스는 나란히 들어가 영빈관 앞에 정차를 했다. 모두들 질서정연하게 하차한 다음, 보안검색대 앞으로 나갔다. 우리는 영빈관 1층 로비에 설치된 보안검색대에서 신체와 휴대품에 대한 간단한 검색을 마치고 2층으로 올라갔다.

영빈관 내부는 웅장하고 깔끔했다. 정면 벽면에는 무궁화와 봉황이 화려하게 장식되어 있었고, 홀 앞쪽에는 헤드 테이블을 중심으로 20여 개의 둥근 테이블이 세팅되어 있었다. 옛날로 치면 궁궐에서 임금님과 함께 식사를 하는 것이니, 참으로 영광스러운 자리에 초대를 받은 셈이다. 기분이 좋으니 실내장식을 비롯한 모든 것이 예사롭지 않게 보였다. 오찬 장소는 더 할 나위 없이 만족스러웠다.

지정된 14번 테이블을 찾아가 함께 동석한 분들과 인사를 나누고 자리에 앉았다. 테이블 위에는 참석자의 명찰이 놓여 있었고, 전통의 매듭이 곱게 매달린 메뉴판에는 대통령 내외분 사진과 행사일정, 오찬 메뉴, 참석자 명단이 새겨져 있었다. 난 명단 사이에 있는 나의 이름 석자를 확인하였다.

정각 12시에 대통령 내외가 입장하셨다. 우리는 자연스럽게 자리에서 일어나 박수를 보냈다. 대통령 내외분은 얼굴에 환한 미소를 지으시며 손을 흔들어 화답해 주셨다.

이윽고 식순에 따라 개회가 선언되었고, '정부혁신 도전과 성취'에 대한 동영상이 방영되었다.

동영상 방영이 끝나자, 국정과제 참여에 대한 대통령의 감사의 말씀과 참석자 소개, 건배제의가 있었다.

기대하던 오찬을 먹기까지는 꽤 한참을 기다렸다. 요리는 중식이었다. 해삼버섯 게살 샥스핀 스프, 송이 관자 브로콜리, 닭고기 로딩콩 볶음, 부추피망 쇠고기 볶음과 꽃빵, 양주볶음밥 야채 탕, 행인 홍시 시미로가 코스로 나왔다.

일행들은 조용히 담소를 나누면서 오찬을 즐겼다. 요리는 S호텔 직원들이 서빙을 해 주었다. 깔끔한 분위기에서 오찬을 즐기는 기분은 말로 표현할 수 없을 정도로 감회가 남달랐다.

오찬 후에는 정부혁신평가를 수행하면서 보고 느낀 점을 발표하는 참석자 의견발표가 있었고, 끝으로 대통령께서 오찬을 마무리하는 말씀이 있었다.

성대한 오찬이 끝나고 난 후 우리는 대통령 내외분과 기념사진을 촬영하기 위해 1층으로 이동했다. 나는 잠시 대기했다가 3조 2열에 섰다. 그런데 갑자기 비서관이 앞쪽으로 나오라고 해서 얼떨결에 영부인옆 옆자리에서 촬영을 하게 되었다. 갑자기 찾아 온 행운이었다. 촬영은 순식간에 진행되었다.

멀게만 느껴지던 백성의 어버이를 가까이 대면하고, 이야기를 나누고, 고충을 듣고, 옆 옆자리에서 기념촬영을 마치고 나서야 진정 푸근하고 인심 좋은 대통령 내외분을 알게 되었다. 우리는 대통령에게 인사를 한 다음 출구로 나가 타고 왔던 버스에 승차했다.

버스는 영빈관을 나서자 광화문 쪽으로 달리기 시작했다. 일행들의 표정은 출발할 때와는 다르게 매우 밝아 보였다. 짧은 시간이었지만, 많은 것을 느끼고 생각하는 그런 시간이었다. 어느 정도 시간이 흐르자 긴장감이 풀리기 시작했다.

생각과 세월을 항상 앞지르고 행동을 점검하고 꼼꼼히 돌아보기를 하며 백성을 위한 혁신을 일상생활화 해야만 하는 정부혁신 전문가로서 청와대 영빈관에 초대받아 밥을 먹는 일도 간단하지만은 않았지만 유익한 시간이었다.

청와대가 진작부터 누구에게나 열린 공간이었다면, 또한 대통령이 누구나 만날 수 있는 가까운 사람이었다면, 서로의 노고에 진정한 박수를 보낼 수도 있었으련만……📷

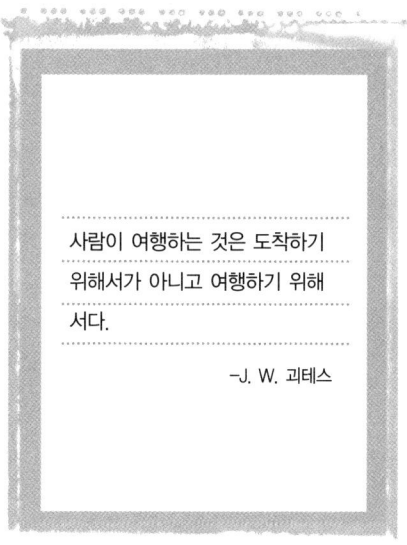

사람이 여행하는 것은 도착하기
위해서가 아니고 여행하기 위해
서다.

-J. W. 괴테스

'인생은 나그네 길'이라는 노래가사가 있고, '세상은 여관이요, 우리는 잠시 묵고
가는 길손'이라는 시도 있다. 모두 나름대로 인생의 허무와 세속적 욕망의 덧없음
을 표현하고자 하는 의도에서 나온 것이겠지만, 이런 식의 사고방식으로는 주체적
이며 자주적인 인생을 영위해 나가기는 힘들 것이다.

경복대학京福大學

개교 16주년을 축하하며

푸른 빛

지운봉 기슭에

우뚝 솟은

경복대학京福大學

진리의 기상

드높다

홍익인간弘益人間 이념 아래

꿋꿋하게 쌓아온

16년 세월

충효인경忠孝仁敬

자강불식自强不息

서기瑞氣가 어려 있구나

향학열에 불타는

5천명 뜨거운 함성

너른 캠퍼스에 메아리쳐

백년대계百年大計 이루며

사학私學의 명문으로

힘차게 정진하리

불모지의 상아탑

서울에 살고 있는 나는 아침 일찍 일어나 새벽 공기를 가르면서 포천으로 향했다. 포천 읍내에 도착해 해장국으로 간단하게 아침식사를 해결하고 이정표를 따라 학교로 향했다. 학교로 가는 길은 마치 고향으로 가는 길처럼 느껴졌다. 학교에 도착했을 때 먼동이 트기 시작했다. 모습을 드러낸 학교 캠퍼스는 온통하얀 눈으로 덮여 있었고, 나지막한 산봉우리들이 빨간색 벽돌 건물을 에워싸고 있었다. 첫 출근하는 날이라 그런지 매서운 찬바람도 정겹게만 느껴졌다.

92년 1월 초순, 그 때가 바로 경복대학 첫 '교수 워크샵'이 있는 날이었다. 시간이 조금 지나자 몇몇 신임 교수들이 속속들이 도착했다. 우리는 K부학장을 따라 학교 건물 안으로 조심스럽게 들어가 내부를 살펴보았다. 개교가 임박해서 내부공사는 빠른 속도로 진척되고 있었다.

"이쪽은 교수 연구실이고, 저쪽은 어학실과 강의실입니다." 하고 부학장이 상세하게 설명해 주었다.

건물 내부를 살펴본 우리는 '신축공사 현장사무실'에서 상견례를 가졌다. 모두 6개학과 7명의 신입교수들이 참석했다. 상견례를 간단히 마친 우리는 여러 대의 승용차에 나눠 탄 뒤 연수 장소인 'S호텔'로 향했다.

산정호수 변에 위치한 호텔은 마치 별장처럼 아름다웠다. 방 배정을 받은 우리는 여장을 풀고 1박 2일 일정으로 강행군(?)에 들어갔다.

'첫 단추를 잘 끼워야 한다.'는 J학장의 말씀을 시작으로 교육이념과, 교육과정, 신입생모집 등 학사운영 전반에 걸쳐 열띤 토론을 했다. 연수는 밤늦게까지 이어졌고 학과별로 교육과정이 완성되었다.

우리는 연수 후에도 매일 출근하다시피 했다. 보통 아침 일찍 출근해 밤늦게 귀가하는 날이 많았다.

개교 준비는 그렇게 간단하지만은 않았다. 신입생 모집 홍보가 우리를 기다리고 있었다. 나는 용산구, 서대문구, 파주, 문산 등 30여 개의 고교 홍보를 맡았다. 왼손에는 지도를 펼쳐들고, 오른손은 핸들을 잡고 여러 학교를 찾아다녔다. 눈이 내리는 날에는 길이 미끄러워 사고가 날까 아찔한 적도 여러 번 있었다.

"하늘은 스스로 돕는 자를 돕는다."고 했던가? 열심히 홍보한 결과 평균 4 : 1의 높은 경쟁률을 보였다. 우리는 감회 어린 자축 파티를 열었다.

학생선발은 대학마다 국어, 영어, 수학 등 필기시험으로 평가를 했다. 경복대학은 높은 경쟁률로 인해 시험고사장을 본교와 포천고교로 나뉘어 양쪽에서 시험을 치렀다. 우리는 처음 접해보는 입시 업무라 긴장감을 늦출 수 없었다.

당시에는 시험지 관리가 매우 엄격해, 교육부에서 파견된 공무원과 인근 경찰서에서 나온 경찰관이 시험지 옆에서 24시간 경비를 섰다.

한참이 지난 지금도 잊을 수 없는 것은 시험이 끝난 뒤의 일이었다. 시험 채점위원으로 위촉된 D고등학교 70여명의 교사들이 무박 2일 일정으로 본교의 입시 고사장에서 채점을 하고 있었다. 당초 그들은 저녁부터 다음날 아침까지 채점하고 예약된 관광버스로 귀가할 예정이었다. 그러나 채점이 의외로 일찍(새벽 1시) 끝나 어쩔 수 없이 여관에 투숙해야만 했다. 포천 읍내에는 여관이 턱없이 부족했고, 학교에서 약 20km 떨어진 곳에 있었다.

교통편이 모두 끊긴 뒤라 어쩔 수 없이 우리는 몇 대 안 되는 승용차로 그들을 태우고는 40km 구간을 밤새도록 왕복 하였다. 나중에는 너무 졸려 중앙선을 넘나들면서 곡예운전까지 불사해야만 했다. 그들이 모두 잠자리에 들었을 때는 아침이 서서히 밝아오기 시작했다. 우리는 모두 파김치가 되었다.

입시를 무사히 마친 우리는 개교 및 입학식 준비에 들어갔다. 개교인 만큼 입학식장은 웅장하고 화려하게 장식했다. 단상은 높게 쌓았고 형형색색의 부드러운 천으로 예쁘게 장식했다. 입학식에 필요한 의자, 화환 등은 직접 손으로 운반했다. 속된 표현으로 하자면 모두 몸으로 때운 것이다. 일이 너무 힘이 들었던지 어떤 교수가 '울려고 내가 왔던가'를 불렀다. 결국 단단한 각오와 준비 끝에 개교기념 및 입학식은 성

황리에 끝이 났다. 첫 작품치고는 성공한 셈이었다.

나는 관광과 초대 학과장을 맡았다. 학과에 컴퓨터는 물론이고 조교도 없었다. 학과의 행정 업무는 자필로 썼고 자질구레한 일도 직접 처리했다. 지금은 연구실에서 직접 컴퓨터의 단말기를 사용해 행정 업무를 신속하게 처리할 수 있으니 업무 환경이 굉장히 좋아 졌다는 생각이 든다.

우리 대학도 많이 발전했다. 개교 때는 6개 학과가 전부였지만, 지금은 16개학과로 다양하게 늘어났다. 그뿐만 아니라 주변 환경도 매우 좋아졌다. 넓은 도로가 사방으로 뚫렸고, 학교 앞까지 좌석버스가 수시로 운행되고 있다. 또한 학교 측에서 제공하는 무료 스쿨버스가 있어 매우 편리하게 등교할 수 있게 되었다. 캠퍼스도 해를 거듭할수록 변하고 있다. 처음에는 건물 한 동으로 어렵게 꾸려갔지만, 지금은 포천캠퍼스, 남양주 캠퍼스 2개의 캠퍼스가 있어 눈부신 발전을 이룬, 사학의 명문으로 자리 매김하고 있다.

교수 개인의 발전도 빼놓을 수 없을 것이다. 내가 경복대학에 온지도 15년이 지났다. 그간 잃은 것도 있었지만, 얻은 게 더 많다. 관광과에 몸담고 있으면서 교재개발 연구차 세계 90여 개 국가를 여행하였고, 이를 바탕으로 지금까지 40여권의 전문 서적을 집필했다.

올해 신년 하례식 때 학장은 "우리 모두 주인의식을 갖자."라고 강조하였다. 소속된 곳에서 주인의식을 갖는다는 것은 아무리 강조하여도 지나침이 없을 것이다. '인생은 나그네 길'이라는 노래가사가 있고, '세상은 여관이요, 우리는 잠시 묵고 가는 길손'이라는 시도 있다. 모두 나름대로 인생의 허무와 세속적 욕망의 덧없음을 표현하고자 하는 의도에서 나온 것이겠지만, 이런 식의 사고방식으로는 주체적이며 자주적인 인생을 영위해 나가기는 힘들 것이다.

하룻밤을 손님으로 묵어가면서 수돗물을 아끼려고 애쓰는 사람은 아마 없을 것이다. 여관을 위해서 자발적으로 노력하고 자주적 결정을 내릴 수 있는 사람은 여관 주인뿐이기 때문이다.

자신의 인생에 스스로가 주인이 되지 않는다면 무엇 때문에 열심히 살아가려고 애쓸 것이며 자기향상을 위해 노력할 것이겠는가. 스스로의 삶에 아무런 애착을 느끼지 못하고 발전을 위하여 땀 흘려 노력하지 않으며, 제 앞에 주어진 대로 시키는 대로 살아가는 사람은 로봇이거나 아니면 인생을 포기한 사람인 것이다.

"우리 모두 주인의식을 갖도록 하자!"

특별히 앞서갈 만한 뛰어난 재능을 타고나지 않은 나로서는 꾀피우지 않고 열심히 살아내는 것만이 성공으로 가는 최선의 길이었다. 하루하루 최선을 다해 성실하게 살아가는 마음가짐이 지금의 나를 있게 해준 소중한 재산은 아니었는지? 아름다운 추억으로 간직하고 싶다. 📷

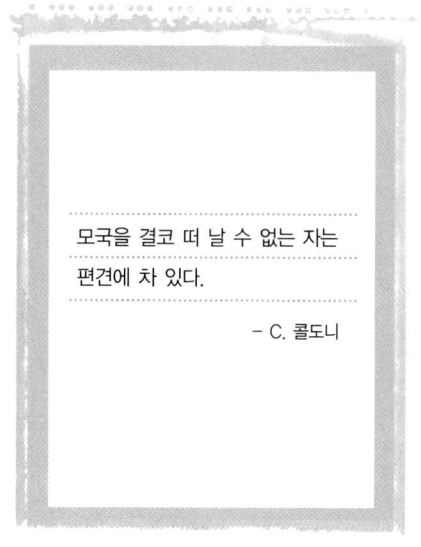

모국을 결코 떠 날 수 없는 자는
편견에 차 있다.

- C. 콜도니

정신이 몽롱해 질 무렵, 배는 무사히 항구에 도착했다. 배에서 내리자마자 몸을 가눌 수 없을 정도로 갑자기 땅이 빙빙 돌기 시작했다. 마치 술에 취한 사람 같았다. 나는 서둘러 화장실을 찾아갔다. 화장실에 들어가는 순간, 나는 "우-웩"하고 괴로움을 토하고 말았다.

바다낚시

강풍으로
세상을 딛는 발에
힘이 다할 때
안개에 눈 먼 사람
겁 없이 바다로 나간다
손맛 하나에
목숨을 거는 사람과
낚시 밥에
목숨을 내놓는 어리석음
첨예한 대립이다
뒤집는 세상에
결국 뒤집히는 속을
다스리지 못하고
섬에 머문 자존(自尊)이
갈매기 한 마리에
혼절을 해도
태공은 아랑곳 않고
안개 속에서
희망을 낚는다

추억의 바다낚시

산천의 연초록이 싱싱함과 푸름으로 짙어져가는 5월, 나는 학생들을 인솔해 제주도로 졸업여행을 떠났다. 졸업여행 시즌을 맞은 제주도에는 육지에서 관광을 온 수학여행단과 많은 관광객들로 붐비고 있었다.

제주국제공항 도착 후, 우리는 아름다운 해안선을 따라 관광명소를 둘러보면서 서귀포로 이동했다. 창밖으로 보이는 섬마을 풍경은 한 폭의 수채화 같았다. 섬 곳곳에는 이미 계절의 싱그러움이 가득했다. 청보리밭 돌담 사이로 노랗게 물든 유채꽃이 너른 들녘을 물들이고 있었고, 푸른 초원 위에는 조랑말들이 한가롭게 풀을 뜯고 있었다.

태고 적 순수함을 간직한 자연 속에서 문명을 거부한 채 살아가는 듯한 섬사람들의 모습에서 나도 덩달아 순수한 자연인으로 새롭게 태어나는 것 같았다. 에메랄드 빛 바다와 아름다운 항구를 끼고 있는 서귀포는 바다 위에 여러 개의 섬을 흩뿌려 놓은 것 같은 아기자기한 섬들과 깎아지른 듯한 절벽이 있어, 그 경치가 아름답고 화려해 보였다.

우리는 해질 무렵 서귀포 항구 근처의 여관에 투숙했다. 졸업여행을 온 학생들은 기분이 들떠 있었지만, 나는 120명의 학생들을 성별性別대로 구분하여 방 배정을 한 후 다음날 여행일정을 점검하면서 편안한 휴식을 취했다. 아침에는 한라산 등반이 일정에 잡혀있었다. 나는 한라산 무사고 등반을 기원하면서 일찍 잠자리에 들었다.

다음 날 아침, 잠자리에서 일어나 창밖을 보니 강풍을 동반한 비가 억수로 쏟아지고 있었다. 비는 새벽부터 그칠 줄 모르고 계속해서 내리고 있었다. 아침 일찍부터 여행사 직원과 대책회의를 열었지만, 별다른 수가 없어 한라산 등반을 포기하기로 했다. 배차된 관광버스도 취소시키고, 모든 일정을 뒤로 미뤘다. 우리는 바깥출입도 하지 못하고 방에서 뒹굴었다.

그렇게 억수같이 쏟아지던 비도 정오가 되자 언제 그랬냐 싶게 그쳤다. 우리는 숙소를 나와 재래시장과 항구를 산책하면서 각자 자유시간을 보냈다. 나는 재래시장을 둘러보고 숙소로 돌아와 휴식을 취하고 있었다.

잠시 후, 군대를 갔다 와 복학한 세 명의 학생들이 방으로 들어오더니 바다낚시를 가자고 제의해 왔다.

"지금 출항금지가 내려졌을 텐데…"

"괜찮습니다. 이미 배도 예약해 두었습니다."

"취소하면 되잖아…"

"안됩니다. 돈을 미리 지불했습니다."

"그래? 그럼, 어쩔 수 없이 가야겠네."

"교수님 감사합니다."

한편, 불안한 마음이 들었지만, 바다낚시에 대한 짜릿한 쾌감을 맛볼 수 있을 좋은 기회라는 생각이 들어 학생들과 함께 항구로 나갔다. 항구에는 태풍으로 인해 많은 어선들이 발이 묶여 있는 상태였고, 짙은 안개가 끼어있었다. 우리는 겁 없이 작은 낚시 배에 승선했다. 배는 파도를 헤치고 망망대해茫茫大海로 나갔다.

검푸른 바다에는 고깃배도 없고, 아무것도 보이지 않았다. 서귀포 시가지도 안개 속에 감춰져 시야에서 사라졌다. 큰 파도가 밀려 올 때는 배가 심하게 흔들려 몹시 불안했다. 나는 학생들의 제의를 거절하지 못한 것을 크게 후회했지만, 이젠 소용이 없었다. 이미 낚시 배는 수심이 깊은 바다 위를 항해하고 있었다.

시간이 얼마나 흘렀을까? 배는 바다 한 가운데서 닻을 내렸다. 어부는 낚시를 건네주면서 고기를 잡으라고 했다. 우리는 대어大魚를 꿈꾸면서 낚시 바늘에 미끼를 꿰고 깊은 바다 속으로 낚시를 던졌다. 잠시 후 입질이 시작되면서 고기가 물리기 시작했다. 우리는 고기를 낚을 때마다 "와!"하고 환호성을 질렀다.

한 참, 낚시 삼매경에 빠질 무렵, 긴급사태가 발생했다.

학생 한 명이 "교수님!" "우-욱"하면서 배 멀미를 하는 것이었다.

나는 놀랐지만 "괜찮아!" 하면서 학생을 보살폈다.

잠시 후, 또 다른 학생이 "우-욱"하면서 토하기 시작했다. 나는 또 한 명의 학생을 보살펴 주어야했다.

그런데, 이번에는 다른 학생이 "우-욱"하면서 토하기 시작했다. 학생 세 명이 모두 배 멀미를 한 것이다.

나와 어부는 학생들을 배 위에 눕혀놓은 채 열심히 고기를 낚았다. 그러나 학생들은 어지러운지 몹시 괴로운 표정을 짓고 있었다. 난 걱정이 됐다. '아직 몇 마리 잡지 못했는데, 본전을 찾자면 그냥 돌아갈 수는 없고…' 나는 곰곰이 생각하다가 어부와 상의를 했다.

"저-어, 아저씨! 어떻게 하지요?"

어부는 잠시 생각하다가 나에게 제의를 해왔다.

"교수님! 저쪽에 작은 섬이 있습니다. 학생들을 섬에 우선 내려놓고 낚시를 계속하면 어떨까요?"

"네, 괜찮은 방법이네요." 나는 어부의 말에 동의했다.

낚시를 잠시 중단하고, 안개를 헤치며 섬으로 갔다. 섬은 안개와 비가 내린 탓에 축축하게 젖어 있었다. 나와 어부는 학생들을 섬 위에 눕히고 다시 바다로 돌아와 낚시를 하기 시작했다. 어부도 미안한 생각이 들었는지 고기를 열심히 낚아 주었다.

그런데, 이번에는 또 다른 긴급사태가 발생했다.

안개가 자욱한 섬 쪽에서 "교수님! 살려주세요!"하면서 비명소리가 들려왔다. 나와 어부는 긴급히 섬 쪽으로 배를 몰았다. 섬에 다다르자 갈매기 떼들이 섬에 누워 있는 학생들을 공격하고 있었다. 정신을 잃고 있는 학생들은 덤벼드는 갈매기 떼에 속수무책이었다. 나와 어부는 갈매기를 쫓아내고 학생들을 다시 배에 태웠다. 학생들은 이미 얼굴이 새파랗게 질려있었다.

나는 학생들을 위로하고는 어부에게 그냥 돌아가자고 했다. 우여곡절 끝에 나와 어부는 싱싱한 가자미 30여 마리를 낚았다. 이 정도면 술 안주 감으로는 충분하겠다 싶었다. 짧은 시간 동안 우리는 많은 산고産苦를 겪었지만, 기쁨을 안고 항구로 향했다.

여전히 검푸른 파도는 뱃머리를 심하게 때렸다. 배는 파도에 몸을 맡기고 서귀포항구로 가고 있었다. 시간이 흐를수록 나도 배 멀미 증세가 나타나기 시작했다. 항해는 지루했고 고통스러웠다. 그렇다고 교수 체면에 학생들 앞에서 "우-욱" 하고 토할 수도 없고…

정신이 몽롱해 질 무렵, 배는 무사히 항구에 도착했다. 배에서 내리자마자 몸을 가눌 수 없을 정도로 갑자기 땅이 빙빙 돌기 시작했다. 마치 술에 취한 사람 같았다. 나는 서둘러 화장실을 찾아갔다. 화장실에 들어가는 순간, 나는 "우-웩" 하고 괴로움을 토하고 말았다.

순간, 세 명의 학생들이 떠올랐다. 학생들은 얼마나 힘들었을까? 나는 괴로움을 뒤로하고, 아무 일 없는 것처럼 환한 미소를 지으면서 화장실을 나왔다. 우리는 잡은 고기를 가지고 숙소로 돌아와 가자미를 안주삼아 소주를 마셨다.

배 멀미 하는 것을 못 본 학생들은 일제히 나를 보고 "교수님은 대단하십니다. 배 멀미도 하지 않고…" "역시 우리보다 젊으십니다." 하면서 나를 부추겨 주었다.

내 뒤집힌 속을 누가 알겠는가? 나는 빙그레 웃으면서 술잔을 비웠다. 분위기가 점점 무르익어가자, 우리는 추억의 바다낚시 속으로 서서히 빠져들기 시작했다. 📷

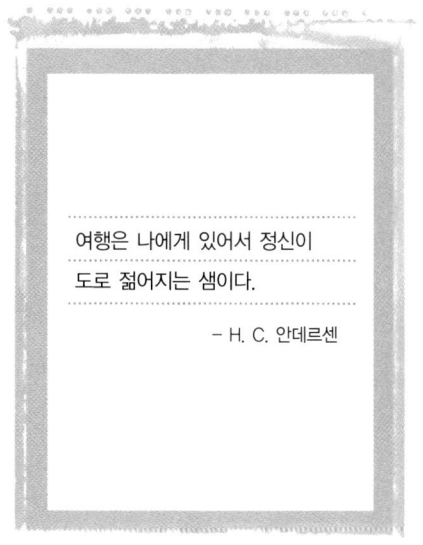

여행은 나에게 있어서 정신이
도로 젊어지는 샘이다.

– H. C. 안데르센

역시 바다 비린내를 안고 먹는 섬에서의 식사는 맛이 있었다. 방만 빌리고 음식
은 우리가 가져가서 먹기로 했으므로 우선 각자 가지고 온 부식으로 점심을 해먹
었다.

목화 이야기

애당초 순결한 꽃이었다가
꿈꾸는 구름이기도 하였는데
한 날 사랑을 위해
나는 서글픈 바닥이 되었네
때 절은 시간을 삼키며
몸이 무겁게 불어 갈 즈음
바람처럼 오신 손님

예정 없는 사랑 굿
해묵은 욕심을 버리는 의식
두드려 맞고
햇살 뜨거운 시선을 받으며
온몸을 정화하는 일이었다네
꿈이 보송보송 살아나는 일
사랑을 되찾을 수 있는

자월도를 다녀와서

조물주는 얼마나 많은 물감으로 세상을 색칠하고 있을까? 그 많은 물감들은 모두 어디서 나는 것일까? 단순히 햇빛으로만 그려도 저렇게 오묘한 단풍을 그려내며 너른 들판을 황금으로 물결치게 할 수 있으니 어찌 굴복하지 않을 수 있겠는가?

차창으로 바라다 보이는 자연에 감동하다보니 벌써 버스는 인천 연안부두에 도착하였다.

학생들은 탁류의 바다임에도 "바다다!" 하며 좋아한다. 자월도 행 승선권을 구매하기 위해 인원점검을 하니 돼지가 소풍가듯 자꾸만 한 사람이 없는 것처럼 느껴진다. 승선권에 이름과 주소를 적은 뒤 9시 20분쯤 유람선에 승선하였다.

바닷바람을 맞으며 따라오는 갈매기들에게 가끔 새우깡을 던져주니 갈매기들은 오래된 친구처럼 정답게 끼룩끼룩 울며 좋아한다. 승선 후 연안부두에서 자월도까지는 1시간이 소요되었다. 자월도는 생각보다는 꽤 큰 섬이었다.

우리 일행은 즐거운 마음으로 민박집으로 향했다. 민박집에 도착하였을 때 우리의 얼굴은 일그러졌다. 인터넷에서 검색했을 때의 조용하고 깨끗한 시설과는 달리 손님을 반겨주어야 할 주인은 없었고 이불은 아무렇게나 말아져 있었으며 방청소도 전혀 되어 있지 않았다. 확인해 보니 주인아주머니는 우리가 타고 온 배를 타고 딸네 집을 방문하러 인천에 갔다는 것이었다. 우리는 너무나 황당해서 할 말을 잃고 앉아 있었다. 얼마 후 주인아저씨가 나타나 전후 사정을 설명하며 죄송하다 말했을 뿐 해명은 없었다. 우리는 울며 겨자 먹기 식으로 방청소를 하고 이불을 내다가 장작개비로 두들기며 떨었다. 해묵은 솜이불에서는 퀴퀴한 냄새와 함께 먼지가 뽀얗게 일어났다.

우리가 묵을 방이라는 생각에 우리 스스로가 이불을 정리하고 방청소를 말끔히 하니 기분이 좋아졌다. 우리는 흥분을 갈아 앉히고 삼삼오오 짝을 지어 점심을 먹었다. 역시 바다 비린내를 안고 먹는 섬에서의 식사는 맛이 있었다. 방만 빌리고 음식은 우리가 가져가서 먹기로 했으므로 우선 각자 가지고 온 부식으로 점심을 해먹었다.

식사 후 섬을 답사했다. 주인아저씨는 미안한지 우리 일행을 자신의 차량으로 변남금 해수욕장으로 태워다 주었다. 변남금 해수욕장은 모래와 몽돌 밭이 어우러진 아름다운 해수욕장이었다. 저 멀리 황해에서 불어오는 바닷바람은 정말 시원했다. 섬 도착 직후의 찜찜했던 마음은 어느새 사라지고 모두들 바다에 발을 적시거나 모래에 발을 묻고 장난을 치며 즐거워하고 있었다.

자월도는 행정구역상 인천광역시 옹진군 자월면으로 섬 중앙에는 국사봉이 있다.

변남금 탐사 후 국사봉에 오르기로 했다. 국사봉 정상까지는 등산로가 나 있었다. 섬에서의 등산은 새로운 경험이었다. 정상까지 오르는 데는 조금 숨이 차고 등에 땀이 고이긴 했지만, 정상에서 바라본 섬 주변의 경치는 정말 한 폭의 그림처럼 장관이었다. 멀리 바다를 항해하는 선박들이 눈이 들어왔다. 마을 풍경은 말 그대로 조용한 바닷가 풍경이었다. 산을 내려오면서 학생들은 호박서리를 했다. 나중에야 안 일이지만 나 역시 재미있었다. 호박은 나중에 부침개로 부쳐 먹었는데 그 맛이 일품이었다.

저녁때가 되자 민박집 할머니가 오셨다. 할머니는 방 때문에 꺼림직했던 기분과는 달리 매우 좋은 분이었다. 학생들이 음식을 만들자 친절하고도 차근차근하게 가르쳐 주셨다. 할머니와 함께 저녁을 먹고 있자니 주인아저씨가 청소를 하지 못한 것이 미안해서인지 싱싱한 우럭을 가지고 와서 생선회를 떠주셨는데, 우리는 모처럼 싱싱한 생선회를 먹을 수 있음에 감사했다. 결국 우리는 주인아저씨와 친하게 되었는데, 시간이 지날수록 아저씨가 점점 더 좋아졌다.

날이 어둡고 난 후 밤새 비가 많이 내렸다.

학생들은 잘도 자는데 나는 걱정이 되어 긴 밤을 뜬 눈으로 새웠다. 칠흑처럼 어두운 밤하늘을 바라보며 내일 갯벌에 나갈 수 있을런지 집에는 무사히 갈 수 있을런지 생각하니 잠이 오지 않았다. 그게 지도자의 마음이라는 걸 학생들은 알까?

아침에 일어나 보니 다행스럽게도 날이 개어있었다. 조반을 먹고 바닷가로 나갔다. 바다는 물이 빠져 멀리까지 갯벌이 훤하게 드러났다.

호미를 들고 땅을 파며 조개를 캐려 애썼지만, 모두들 겨우 한두 개 씩을 캐었을 뿐 생각처럼 조개를 캘 수가 없었다. 동네 주민들은 우리가 가엾게 보였는지 조개 캐는 방법을 알려주었다. 요령을 습득한 우리는 금방 많은 조개를 캘 수 있었다. 이번에는 낙지잡이를 했는데 처음 조개를 캘 때처럼 쉽게 낙지를 잡을 수 없었다. 그러나 열심히 개펄을 파헤치다보니 소라 몇 마리와 낙지 두 마리를 잡을 수 있었다. 우리는 무슨 산삼이나 캔 것처럼 '심봤다!' 를 외치며 기뻐했다. 숙소로 돌아와 조개와 소라를 삶고 낙지를 썰어먹었는데, 직접 잡은 것이라 그런지 정말 꿀맛 같았다.

개펄이든 민박집이든 무엇이건 처음부터 마음을 주는 것은 드물다. 조금 서먹한 기분이라도 먼저 손 내밀고 먼저 마음을 주면 한 마음이 되는 모양이다. 주인아저씨는 우리들이 마치 자기의 피붙이인양 살갑게 대하며 자신의 차에 우리를 태워 섬 곳곳을 구경시켜 주었다. 떡 바위는 밀물이 들어와 볼 수 없었지만, 아저씨의 마음에서 떡을 나눠먹는 정을 느꼈다. 어제 서먹했던 기분은 언제 그랬느냐는 듯, 민박집을 떠나려니 아쉬움이 들었다. 우리가 인천행 유람선에 몸을 싣고 떠나자 아저씨는 점이 될 때까지 우리 일행에게 손을 흔들며 바라보고 있었다. 📷

각자 취향이 다르듯 골라 놓는 돌의 모양도 각각이었다. 메추리알처럼 작고 동그란 돌, 반질하고 모양도 다양한 돌을 찾아내는 재미가 쏠쏠한 모양이다. 여학생들은 모양 좋은 돌과 눈이라도 마주치면 즐거움에 비명을 지르며 박수를 쳤다.

탐석探石

풍도에서
파도소리가 숨어들어 잠자는
돌을 만났다
굳고 곧은 돌을 고르며
덕성과 순화를 배우려 최대한 허리를 굽혀본다
돌을 사랑하는 마음으로
대화를 나누며 마음의 문을 여니
비로소 쓸 만한 것이 눈에 들어온다
발밑에 엎드려 있는 검은 돌과 진달래 석 안에서
마음을 담는 심의심경心意心景의 세계를 구求한다
해석海石이 내보이는 구도자적인 고요함
수석인의 가슴을 적시는 짧은 만남에서
평생 이루어야 할 과제를 안았다
고즈넉한 풍도바닷가 몽돌밭에서
내면의 깊이를 심화시키며
나만의 세계에 흠뻑 빠져본다

풍도 탐석여행

'**참된** 여행자에게는 항상 방랑하는 즐거움과 모험, 탐험에 대한 유혹이 있게 마련이다. 여행한다는 것은 방랑한다는 뜻이고, 방랑이 아닌 것은 진정한 여행이라고 할 수 없을 것이다.'

섬 여행은 육지를 여행하는 것보다 더 낭만적인 느낌이 든다. 멀미를 하는 사람은 좀 힘들겠지만, 배를 타고 가면 저 멀리 바다 위에 떠있는 많은 섬들을 한 눈에 볼 수 있어서 좋다.

풍도風島로 탐석여행을 가기 위해 아침 9시에 인천 연안부두에 모였다. 간단한 승선 수속을 마치고 풍도 행 유람선에 올랐다. 그런데 우리를 싣고 갈 유람선은 생각과는 달리 낚시 배 만큼이나 규모가 작았고, 너무나 초라해 보였다. 객실에는 허름한 장판이 깔려 있었고, 바닥에 옹기종기 앉아 있는 우리의 모습은 마치 난민 같았다. 멋진 여행을 은근히 기대하던 우리는 시작부터 실망감을 감출 수 없었다. 지난번 승봉도 여행처럼 쾌속정을 탈것으로 기대했었는데… 모두들 아쉬워하는 모습이었다.

그러나 한편으로는 새로운 기분도 들었다. 언제 또 이런 배를 탈 수 있는 기회가 있을지…이것 또한 소중한 추억이 될 수 있을 것이라 생각하기로 했다.

우리는 모두 객실 밖으로 나와 선상 위에서 바닷바람을 맞았다. 배는 하얀 파도를 내뿜으며, 망망대해를 헤치면서 항해하기 시작했다. 바다의 짠 내음이 코끝을 스쳤다. 이제야 정말 바다 한 가운데에 있다는 것이 실감났다. 선상 주변의 하얀 갈매기 떼도 우리와 함께 항해했다. 학생들은 팝콘을 던져주며 매우 즐거워했다.

2시간 항해 끝에 우리는 풍도 선착장에 도착했다. 처음 보는 풍도는 아주 자그마한 섬이었다. 수면 위로는 안개가 피어 있었고, 주변의 작은 섬들은 희미하게 형태만 드러나 보였다. 바다 냄새가 온몸을 감싸는 기분이 신선했고, 그래서인가 섬의 모습이 더할 나위 없이 아름다워 보였다.

숙소까지는 별다른 교통수단 없이 도보로 이동했다. 민박집은 해변 가까이에 위치해 있어 푸른 바다를 바라다 볼 수 있어서 좋았다. 숙소에서 여장을 풀고 준비해 온 삼겹살을 구워먹었다. 적당히 숙성된 고기는 정말 맛이 있었다. 어쩌면 바다 경치에 반해 고기 맛이 더 좋았는지도 모른다. 일단 속을 든든히 채운 다음 학생들과 함께 바다로 나갔다. 몽돌밭은 해변을 따라 길게 펼쳐져 있었다.

우선 학생들을 몽돌 밭에 모아 놓고 수석에 대한 특강을 했다.

"수석이 마음을 담는 심의심경心意心景의 세계라고 볼 때, 해석(바닷돌)은 구도자적求道者的인 고요함으로 수석인의 가슴을 적시는 것이고, 수석을 사랑하는 정신은 바로 자신의 깊이를 심화시켜가는 자기 심화의 세계다."라고 설명하였다.

또한 "돌을 사랑하다 보면 돌과 대화를 나누고 교감하는 방법을 배우게 되고, 마음의 문을 열게 되는데, 이때 비로소 새로운 세상이 열리게 된다. 수석을 보는 심미안審美眼은 오랜 학습과 훈련으로 이루어지는데, 굳고 곧은 수석에서 덕성과 인성의 순화를 배워 가면서 삶을 깨우치는 지혜를 얻는다."라고 강조하였다.

끝으로 "수석은 기본적으로 질감, 색상, 모양 등을 갖춰야 한다."고 강조를 하고, 본격적으로 탐석探石을 시작했다.

즉석 강의가 끝나자 학생들은 몽돌밭에 뿔뿔이 흩어져서 각자 탐석 삼매경에 푹 빠져 들었다. 돌을 들여다보며 행복해 하는 학생들을 보니 '탐석여행 오기를 잘 했구나.' 하는 생각이 들었다.

각자 취향이 다르듯 골라 놓는 돌의 모양도 각각이었다. 메추리알처럼 작고 동그란 돌, 반질하고 모양도 다양한 돌을 찾아내는 재미가 쏠쏠한 모양이다. 학생들은 모양 좋은 돌과 눈이라도 마주치면 즐거움에 비명을 지르며 박수를 쳤다.

수석을 주우면서 간간이 바위에 붙은 석굴도 캐 먹었는데, 굴 맛은 가히 일품이었다. 나는 중간 중간 학생들이 탐석한 돌을 꼼꼼하게 관찰했다. 좋은 돌은 왜 좋은지 알려주었고, 그렇지 않은 돌은 왜 수석으로 적당하지 않은지에 대해 설명을 했다. 풍도에는 주로 검은 돌과 진달래석石이 많았다. 검은 돌에는 파도 소리가 조용히 숨어들어 잠자고 있는 것 같았고, 진달래 석에는 바다의 숨결이 묻어 있는 듯 했다.

우리는 자연보호를 위해 기념으로 두 세 개씩만 줍기로 했다. 탐석을 처음 하는 학생들 치고는 제법이다 싶게 수석을 바로 보는 심미안을 가지고 있어 놀라웠다. 대부분의 학생들은 공처럼 둥글고 예쁜 돌을 주웠다. 엎드려 돌을 고르는 동안에는 세상 근심도 모두 사라지는 것 같았으므로 시간이 가는 줄도 몰랐다. 그러나 당초 생각처럼 탐석을 하는 데 많은 시간을 할애하지는 못했다. 밀물 때의 시간을 미처 생각하지 못하고, 삼겹살을 먹는데 너무 많은 시간을 소비했기 때문이다. 물이 들어오기 전에 몽돌밭을 떠나야 하므로 아쉬움을 뒤로 한 채 숙소로 돌아왔다.

우리 일행이 찾은 풍도는 작은 섬으로, 주로 낚시꾼들이 많이 찾는 곳이다. 약 50세대 정도가 거주하고 있는 이 섬에는 칡, 둥굴레, 산 더덕 등이 지천이라 주민들의 주 소득원이 된다. 또 주민들 중 일부는 1년에 6개월 정도 화성군의 도리도 섬으로 옮겨가 굴과 바지락을 캐서 삶을 꾸려가고 있다.

다음날 아침 우리는 마을 구석구석을 둘러보고, 부둣가에서 넓은 바다를 바라보며 풍도 방문 기념으로 단체사진을 찍었다. 학생들과 함께 시원한 공기를 마시면서 배가 오기를 기다렸는데, 하루에 한 번 운항하는 배 시간을 맞춰야 하기 때문에 아침 일찍 서둘러 섬을 떠날 수밖에 없는 것이 무척 아쉬웠다. 📷

해변은 바위와 돌밭으로 끝없이 이어져 있었고, 때론 길이 없어 산으로 헤매기도
하였다. 섬 속에 감춰진 매력을 찾으며 그렇게 2시간을 무작정 걸은 우리는 그만
녹초가 되어 하얀 백사장에 큰 대자로 눕고 말았다.

이일레 해수욕장

물 빠진 갯벌에서
신발을 벗고 뛰었다
성가신 제한에서 도망하듯
서둘러 자유를 만끽하는 발가락
꼼지락거리고 있다
훌쩍 지난 유년을 되새기며
부지런하게 고동을 줍는 손은
이미 세상에 익숙하여져서
욕심을 제대로 움키려 하지만
이 순간만큼은
정갈한 빈손이 되고 싶다
금방이라도 쏟아질 것 같은 별
감성은 솔밭 길을 따라
앞서 밤바다로 달려나가고
뒤처진 몸은
해변을 안고 길게 눕는다
몸 가득 채운 술에
달빛 따라 취한 승봉도에서

승봉도 일주

인천 연안부두에서 서남쪽으로 34km, 뱃길로 1시간 정도 거리에 작고 아름다운 섬 승봉도가 있다. 승봉도는 1박 내지 2박 코스의 여행을 즐기기에 적당한 섬이다. 주민들의 인심 또한 매우 좋은 곳이다. 섬 구석구석 고즈넉한 솔숲과 깨끗한 모래 해변, 그리고 은밀한 사색의 공간까지 두루 갖추고 있어 다양한 분위기를 즐길 수 있는 매력적인 섬이다.

'승봉도'란 이름을 처음 들었을 때 왠지 낭만적인 섬일 거란 생각이 들었다. 20명의 학생들과 함께 하는 섬 여행은 처음이라 그런지 무척이나 들뜬 마음으로 집을 나섰다. 아침 5시에 일어나 지하철과 버스를 이용해 인천 연안부두까지 가는 것은 무척 힘들었지만, 그래도 여행이 나의 전공인지라 힘든 것 보다 설레는 마음이 더 컸다.

우리가 방문하는 이곳 승봉도의 역사는 아주 간단하고도 재미있다. 370여 년 전 신씨와 황씨가 함께 고기를 잡던 중 풍랑을 만나 대피한 곳이 승봉도이다. 굶주린 두 사람이 시장기를 면하기 위하여 섬 이곳저곳을 둘러보니 경관도 좋고 산세도 괜찮아 사람이 살수 있는 곳이라 판단하여 이곳에 정착하게 되었다고 한다. 신씨와 황씨 두 사람의 성을 따서 신황도라고 불러오다가 이 곳 지형이 마치 '봉황새의 머리모양 같다' '봉황이 날아가는 모양이다' 하여 다시 승봉도라 하였다.

'승봉도'는 연안부두에서 자월도 가는 배편을 이용하면 자월도, 이작도를 경유하여 승봉도에 닿는다. 여름 휴가철에는 하루 4번 이상 운항을 하지만 비수기에는 하루1~2번 운항한다. 연안부두에서 쾌속선을 이용하여 1시간 정도 바다 풍경을 감상하면서 가다보면 작은 섬 승봉도에 도착하게 된다. 또한 연안부두에서 카페리호(차도선)를 이용하면 소요시간은 좀더 걸리지만, 머리 위를 나는 갈매기를 벗 삼아 여유있는 바다여행을 즐기며 갈 수 있다.

선착장에 도착했을 때 참 조용하고 깨끗한 섬이라는 느낌을 받았다. 주차장에는 민박집에서 운행하는 경운기와 봉고차가 제일먼저 하선下船한 방문객들을 반긴다. 민박집에서 손님을 태우러 나온 자가용들이다. 혹 민박집을 예약하지 않았다면 가장 마음에 드는 것을 골라 아무것이나 올라타고 가면 된다. 종착지인 그곳이 바로 자가용의 주인이 살고 있는 집이자 민박집이다. 우리 일행은 예약이 되어 있었으므로 마중 나온 봉고차가 미리 기다리고 있었다. 하선 후 우리는 준비된 차를 타고 좁다란 길을 따라 민박집으로 향했다.

민박집은 3층 건물로 산 중턱에 자리 잡고 있었으며, 앞마당에는 빨갛게 무르익은 무화과 열매와 활짝 핀 코스모스가 우리를 환영해 주었다. 승봉도의 민박시설은 작은 섬에 비해 대체로 깨끗하고 깔끔하다. 밖에서 보기에는 허술해도 내부 시설은 몸만 가면 다 해결 할 수 있게 현대식 시설을 갖추고 있다. 거기에 민박집 어르신들의 순박하고 후한 인심은 승봉도 여행의 또 하나의 추억거리가 된다. 물론 승봉도 내에는 콘도 시설도 있지만, 뜻 깊은 여행을 위해 우리는 민박을 택했다.

숙소에 도착해 짐을 풀고 점심을 간단히 먹은 다음 섬 답사여행에 나섰다. 가을 햇살은 무척 따뜻했으며, 섬에는 옥수수와 고추가 무르익어 가고 있었고, 하늘엔 구름 한 점 없었다. 해변을 감싸고 있는 송림을 따라 넓은 백사장이 펼쳐져 있는 '이일레 해수욕장'은 마침 썰물 때라 그런지 멀리까지 물이 빠져있었다. 우리는 모두 어린 애들처럼 신발을 벗고 갯벌에 뛰어 들어 게를 잡고, 골뱅이와 고동을 주우면서 갯벌 체험을 했다.

동심의 세계에 빠진 우리는 내친김에 섬을 한 바퀴 둘러보기로 했다. 승봉도는 따로 개발된 관광코스가 없다. 그저 발길 닿는 대로 걸으면서 둘러보는데 3시간 정도면 충분하다. 그러나 생각보다 만만치 않았다. 해변은 바위와 돌밭으로 끝없이 이어져 있었고, 때론 길이 없어 산으로 헤매기도 하였다. 섬 속에 감춰진 매력을 찾으며 그렇게 2시간을 무작정 걸은 우리는 그만 녹초가 되어 하얀 백사장에 큰 대자로 눕고 말았다.

나머지 못다 본 곳은 다음날 다시 둘러보기로 결정하고, 솔 밭길을 따라 숙소로 향했다. 솔 밭 양쪽에는 이름모를 들꽃이 활 짝 피어 있었고, 매미와 새들이 즐겁게 노래를 부르고 있었다. 더위와 허기에 지친 우리는 밤을 따서 요기를 했다.

해가 서쪽으로 기울 무렵 숙소에 도착해 저녁식사를 준비했다. 섬에는 물가가 비쌀 것이라는 생각이 들어 부식은 육지에서 각 조별로 충분히 준비를 했다. 부식은 라면, 소시지, 북어, 김, 김치, 통조림, 양파, 쌀 등속이었는데, 섬이라 그런지 새삼 준비해 온 부식이 소중하게 보였다.

저녁을 맛있게 먹고 밤바다를 보기 위해 다시 '이일레 해수욕장'을 찾았다. 밤공기는 시원했고, 밤하늘에는 별들이 금방이라도 쏟아져 내릴 것 같이 반짝거리고 있었다. 저 멀리 육지의 불빛도 보였고, 파도 소리가 은은히 들려왔다. 우리는 저마다 모래에 누워 조용히 별을 감상했다.

공기가 좋아서인가 섬 곳곳을 돌아보았는데도 몸은 별로 피곤하지 않았다. 우리는 한 방에 옹기종기 모여 금방 잡은 꽃게 요리를 안주 삼아 술을 마셨다. 술자리가 무르익자 낮에 경험한 섬 여행 얘기를 진지하게 나누기 시작했다. 모두들 대학에 들어온 후 첫 번째 여행이라 그런지 조금은 흥분되고, 들떠 보였다. 이런 저런 얘기는 새벽까지 이어졌다. 난 학생들을 뒤로 한 채 다음날 일정을 위해 내 방으로 돌아와 잠을 청했다.

다음날 아침 우리는 전날 다 돌아보지 못했던 섬 답사여행에 다시 도전했다. 이번에는 어제의 정반대 방향인 북쪽에서부터 시작했다. 해변은 바닥이 보일 정도로 물이 맑았고, 공기는 더욱 신선했다. 가파른 절벽 모퉁이에는 마치 남대문南大門처럼 생긴 바위가 있었는데, 바위 중간이 시원하게 관통되어 있어서 신기했다.

일명 '남대문 바위'에서 사진촬영과 휴식을 취한 다음 우리는 계속해서 험한 해변을 걸었다. 돌밭 길은 미끄럽고 험했다. 종종 넘어지기도 하고, 길이 없을 때는 절벽으로 기어오르는 등 예정에도 없는 탐험 아닌 탐험을 하게 되었다. 그래도 모두들 행복에 가득 찬 표정이었다. 천신만고 끝에 우리는 승봉도 섬 남동쪽 '촛대바위'를 비롯하여, 자갈과 조개껍데기 해변에 기암괴석이 절경을 이루고 있는 '부두치'를 반환점으로 하는, 1박 2일 간의 '승봉도' 섬 일주를 무사히 마치게 되었다. 비록 짧은 여행이었지만, 섬 구석구석을 모두 둘러볼 수 있어서 흐뭇했다.

승봉도 여행의 또 하나의 백미는 승봉도 남쪽의 사승봉도를 돌아보는 것이라는데 아쉽게도 여행 일정이 짧아 그곳에 갈 수 없었다. 여객선으로 직접 들어갈 수 없어서 승봉도에 있는 어선을 이용하여 들어가야만 한다. 배로 들어가서 하루나절을 보내고 되돌아 나와야하는 독특한 여행코스인 사승봉도는, 두 번의 썰물 때에 4km에 걸친 무공해 은빛 모래사장이 펼쳐져 남태평양의 바다를 연상케 할 만큼 아름답다고 한다. 기회를 만들어 꼭 한번 다시 와보기로 하였다.

은밀한 승봉도의 매력을 속속들이 파헤치며 생생하게 체험한 우리 일행은, 다음 사승봉도 여행을 기대하면서 인천행 여객선에 몸을 실었다. 📷

여행은 관용을 가르친다.

— B. 디즈레일리

마당 한 가운데 바비큐시설을 설치하고, 채취한 산나물도 깨끗이 씻어 준비한 후
빙 둘러서서 돼지고기를 구워 먹었다. 직접 농사지은 고추와 오이, 배추쌈도 함께
먹었다. 곰취는 뒷맛이 약간 쌉싸래했지만, 건강에 좋다는 말에 모두들 젓가락질
하기 바빴다.

알짜배기

골 깊어 하늘 비좁은
도평리 계곡
귀틀집 마당에
닭과 강아지 때 없이 분주하다
세상사 기록하려는 사관처럼
하늘을 찍는 초록의 가지
몸담았던 도시가 점점 흐려진다
자작나무 물푸레나무
곰취 미나리아재비 꿩의 다리
제자리 지키는 풀과 나무는
키우는 이 없이도 장하다
한 뼘 남은 해 아쉬워
서둘러 모닥불을 피우니
취기와 불기가 올라
노을보다 더 진한 얼굴
범버꾸
쏟아져 내릴 듯 출렁거리는
별을 세다
꿈으로 들었다

잘 산다는 것은

관광과 교수로 재직하고 있는 나는 자주 여행의 기회를 접하게 된다. 세계 곳곳을 무수히 다녀보지만, 늘 그때마다 역시 우리나라만한 곳이 없다는 생각이 든다. '가장 한국적인 것이 가장 세계적이다' 라는 말을 실감할 때가 한 두 번이 아니다. 여행자의 신분으로 외국에 가면 그 나라만의 특색 있는 먹을거리나 볼거리를 찾게 마련이다.

동남아지역 여행 중 흔히 만나는 풍경은 특산품이라며 호객행위를 하는 상술인데, 이를테면 처음 관광지에 도착하면 바나나 한 다발에 3달러를 외치다가, 관광 후 버스로 돌아오면 2달러, 버스가 떠나려고 하면, 다시 1달러로 가격이 폭락하여 바가지요금을 물었다는 사실을 알게 된다. 씁쓸한 기분을 느낄 수밖에 없는 일이 수시로 벌어지곤 하는데, 외국인을 상대로 이런 상술이 통하는 이유는 그 자리를 지나친 후에는 다시 안 올 손님이라는 그네들의 얕은 생각 때문인 것이다. 이런 일을 겪고 보면 우리나라의 곳곳을 돌아보며 자연의 한적함을 즐기는 향토적인 여행이야말로 가장 뜻있는 알짜배기 여행이 아닌가 하는 생각이 저절로 들게 된다.

벌써 포천으로 출퇴근한지도 10년이 훌쩍 넘었다. 그럼에도 이 지역에 대해 그리 아는 바 없어 학생들과 이 고장에 대하여 좀 더 공부할 겸, 이동면 도평리 H농원에 가서 1박을 하며 산골체험을 하기로 하였다. 우리는 도평리행 직행버스에 몸을 실었다. 차창으로 풋풋한 풀 내음이 향긋하고 간혹 멀리서 날려 오는 두엄 냄새가 구수하게 느껴졌다. 도시에서 불과 얼마 떨어져 있지 않은 곳인데도 알프스를 찾아가는 듯 기분이 들떴다.

버스가 터미널에 다다르니 개량한복을 입은 민박집 아저씨가 "어서 오세요. 교수님!" 하며 자라 등처럼 두껍고 거칠한 손으로 내 손을 덥석 잡아끌며 우리 일행을 반갑게 맞이해 주었다. 우리는 그 아저씨의 1톤 트럭 화물칸에 올라타 옹기종기 모여 앉았다.

화물차가 마치 한계령을 넘어가듯 몇 굽이를 휘돌아 달리니 저절로 '동구 밖 과수원길 아카시아 꽃이 활짝 폈네.' 하며 노래하고 싶어진다. 차는 금방 우리를 싣고 달려 산 중턱에 위치한 한 황토 집 마당에 내려놓았다. 역시 아주머니께서도 개량한복을 입고 우리 일행을 반갑게 맞아주었다. 금슬 좋은 부부는 닮는다더니 두 부부의 서글서글한 눈매가 닮아 있었다. 자연을 벗 삼아 욕심 없이 살아가는 분들이라 그런지 얼굴에 아무런 그늘이 없어 보였다.

집은 황토와 통나무로 만들어진 작은 귀틀집이었다. 앞에는 넓은 마당이 있고 닭이며 강아지가 맘대로 노닐고 있었다. 마당가에는 눈이 빨간 토끼가 있고, 주변은 온통 산으로 둘러싸 있어 정말 알프스 산중에 든 듯한 착각에 빠지게 하였다.

마치 붓을 들고 세상사를 기록하려는 사관史官처럼 지키고 서있는 연록의 나뭇가지 사이로 부는 바람이 도시의 찌든 삶에 움츠렸던 마음을 해토하듯 풀어주었다.

우리는 짐을 풀어 한 곳에 들여놓고 아저씨를 따라 산나물 채취에 나섰다.

"이건 자장나무, 이건 물푸레나무, 이건 화살나무, 이건 낙엽송, 이건 상수리나무, 이건 굴참나무……."

"이건 옹아리, 이건 미나리아재비, 이건 꿩의다리, 이건 고사리, 이건 고비, 이건 곰치……."

아저씨는 연신 산길을 걸어 올라가며 허리를 굽혀 나물을 꺾으며 우리에게 설명하셨다. '어떻게 저렇게 풀이름을 잘 아실까?' 속으로 놀라며 아저씨 뒤를 따라 올랐다.

우리들이 오늘 집중적으로 뜯을 것은 곰취이다. 내가 보기엔 표면이 거친 게 호박잎처럼 생겼는데, 상추대신 고기를 싸서 먹으면 쌉쌀한 맛이 일품이라며 시늉까지 보여주는 아저씨의 모습에 군침이 돈다. 곰취는 곰이 잘 먹는 것이라 곰취라고 부르는데, 경기 북부 산간지방에서 많이 나는 산나물이다. 곰취가 주로 많은 곳은 비탈이라 산을 잘 타지 못하는 여학생들은 엉거주춤하며 아우성이다.

"이런 것은 돈 주고도 못 사먹습니다."

아저씨는 허리에 찬 대리키에서 곰취 나물을 한 움큼 꺼내 보이며 자랑스러운 듯 말씀하신다.

"자 이만 내려가십시다. 이만하면 오늘 저녁에 고기 싸먹을 쌈으로
는 충분합니다. 토끼며 노루 등 짐승들이 먹을 것도 남겨야 하고 자연
적으로 자라게 두어야지 너무 많이 뜯어서 먹다가 남기면 하늘이 노합
니다."

아저씨의 말씀에 따라 민박집으로 돌아오려니 서산의 해가 몇 뼘 남
지 않고 넘어가는 듯 보였다.

"산 중에서는 해가 빨리 넘어갑니다."

민박집 아저씨가 말하자,

"왜 그런데요. 아저씨!"

한 학생이 궁금한 눈으로 질문을 했다.

"으응, 산을 한 번 둘러봐요. 하늘이 조금 밖에 안 보이지? 그러니 해
가 한 가운데 있다면 그건 금방 해가 떨어진다는 것이고, 어둡게 된다
는 것과 마찬가지야"라며 설명하시고 학생들과 나는 고개를 끄덕였다.

마당 한 가운데 바비큐시설을 설치하고, 채취한 산나물도 깨끗이 씻
어 준비한 후 빙 둘러서서 돼지고기를 구워 먹었다. 직접 농사지은 고
추와 오이, 배추쌈도 함께 먹었다. 곰취는 뒷맛이 약간 쌉싸래했지만,
건강에 좋다는 말에 모두들 젓가락질하기 바빴다.

저녁이 되자 아저씨는 마당에 모닥불을 피워주셨다. 장작불이 타오
를 때 우리들의 얼굴은 취기와 불기가 올라 붉게 타는 노을처럼 발갛
게 변했다. 장작불이 점점 스러지고 쌀 불만 남았을 때 아저씨는 고구
마를 가지고 나오셨다. 고구마를 처음 구워보는 학생들은 신기한 듯

바라보고 있었고, 나는 어느새 유년의 기차를 타고 과거를 향해 달리고 있었다.

한쪽에서는 아주머니가 곰취를 비롯한 각종 채소를 썰어 넣고 야채전을 부치고 있었다. 들기름에 부쳐낸 야채전은 느끼하지 않고 고소한 것이 정말 맛이 있었다. 야채 전을 먹다보니 장작불 속에서는 고구마 굽는 냄새가 진동했다. 뜨거운 장작불 속에서 고구마를 어떻게 꺼내야 할 지 몰라 삽으로 꺼내는 학생, 나무로 찍어서 꺼내는 학생, 꺼낸 것을 낚아채는 아이…… . 군고구마를 먹는 방법도 다양했다. 군고구마는 역시 입가에 숯검정을 묻히면서 먹어야 맛이 있다. 학생시절 국어책에서 콩 서리를 해먹으며 나는 그냥 먹을 테니 너희들은 '범버꾸범버꾸' 하며 먹으라는 구절이 떠오른다.

밤새워 이야기할 것 같던 학생들은 하나 둘 방으로 들고 나 역시 금방이라도 쏟아져 내릴 것 같은 별들을 세다가 잠자리에 들었다.

날마다 정원에 별을 들여놓는 사람들, 나가면 푸성귀가 지천이지만 꼭 먹을 양 만큼만 뜯으라는 사람들…… . 산 속에서 삶의 터전을 세우고 생활하는 민박집 부부가 성자처럼 우러러 보인다. 잘 산다는 것은 무엇인가? 잘 산다는 것은 많이 쌓아놓고 남이 못 가져가게 하고, 못 먹게 한다는 것이 아니라 보존하고 유지하여 스스로를 편안하게 하는 일이 아닌가 하는 생각이 든다. 70%만 부어야지 가득 부으면 새어 나가는 '계영배戒盈杯'란 잔을 떠올리며 넘침은 모자람만 못하다는 말을 실감한 여행이다. 📷

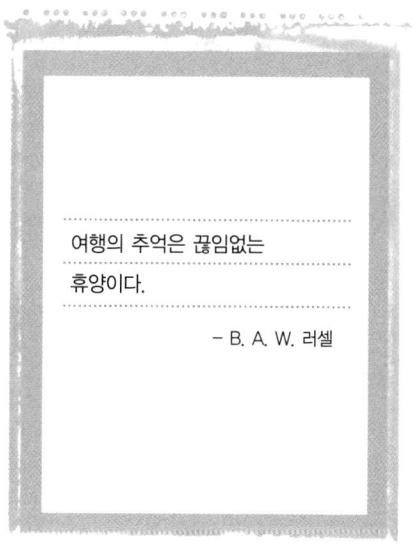

여행의 추억은 끊임없는
휴양이다.

– B. A. W. 러셀

어둠 속에서 배낭을 더듬어 배낭 바깥 주머니에 넣어 두었던 생수를 꺼냈는데 꽁꽁 얼어붙어 있었다. 나는 입김으로 조금씩 녹인 후 생수를 마셨다. 생수는 오장육부를 따라 굽이굽이 흐르더니 힘과 용기를 주었다.

등산

아무도 가지 않은 길을

처음 휘저어 걷는 것도 아닌데

새삼 신선하게 느껴지는 것은 왜인가

무성한 숲을 헤치며

조심스레 오르는 시간

이런 행복은 난생 처음이다

이상도 하지

날마다 걷는 식상한 걸음 어딘가에

숨어살던 비밀한 힘

새벽기운 펄떡이는 한순간에

선채로 유랑하는 희열을 만났다

우연 아닌가 하여

다시 찾은 백두대간의 말초신경

습한 길을 더듬는

여일하게 뜨거운 새소리가

쭉 뻗은 가지 사이를 누비며

우르르 바람처럼 달려들고 있다

정상을 누리는 신비의 힘

투명하고도 분명한 횡포가

산에 가득하다

민족의 영산 태백산

강원 지방에 다시 대설주의보가 내려졌다는 뉴스를 듣고 걱정
스러운 마음으로 잠자리에 들었다가 새벽 이른 시간에 눈
을 떴다. 눈은 밤새도록 내리고 있었다. 나는 잠에서 깨어 세수를 한 다
음 복장을 꼼꼼하게 점검하고 방을 나섰다. 약속되었던 호텔 로비에는
일행들이 하나 둘씩 모여들었다. 모두들 잠을 설쳤는지 안색이 몹시 피
곤해 보였다.

우리는 J군청에서 마련해준 버스를 타고 태백산 등산로 입구로 향했
다. 버스는 하얀 눈길을 따라 조심스럽게 달리고 있었다. 나는 달리는
버스 안에서 복장을 다시 점검했다. 방한모자에 바라크라바(얼굴 전체
를 가릴 수 있는 등산용 장비)를 쓰고, 왼쪽에는 손전등을, 오른쪽에는
스틱을 짚고, 다리에는 스패츠를 착용하고, 미끄럼을 방지하기 위해
아이젠을 찼다. 배낭 속에는 귤, 빵, 초콜릿 등을 넣었다. 등산 준비는
나름대로 완벽했다.

호텔에서 등산로 입구까지는 버스로 1시간이 소요되었다. 버스에서

내리자 눈보라가 매섭게 휘몰아치고 있었다. 등산로 입구 가게 앞에는 미처 등산장비를 갖추지 못한 등산객들로 인산인해를 이루고 있었다. 우리는 새벽 5시에 입장료를 지불하고 눈 덮인 태백산 정상을 향해 앞서 간 발자국을 따라서 조심스럽게 산을 올랐다.

등산로는 입구에서부터 급경사를 이루고 있었다. 오르고 또 올라도 끝이 보이지 않았다. 산 속은 칠흑같이 어두웠고, 이정표도 보이지 않았다. 등산객들도 대부분 검정색 옷을 입고 있어서 누가누군지 서로 알아 볼 수 없었다. 단체로 온 사람들은 서로 이름을 부르면서 일행을 챙기고 있었다. 나는 일행들과 떨어져 손전등에 의지한 채 앞 사람의 발자국을 따라 숨을 헐떡이면서 걸었다.

눈길은 생각보다 힘들고 지루했다. 바라크라바를 쓰자니 숨이 막히고, 벗자니 매서운 눈보라가 얼굴을 사정없이 후려쳤다. 아직 정상이 먼데 초반부터 다리가 풀리기 시작했다.

벌써부터 후회가 되었다. '호텔에서 편안하게 쉴 걸…'

그러나 후회해도 소용이 없었다. 일행들을 태백산 정상에서 만나기로 약속했기 때문에 열심히 오를 수밖에 없었다. 나는 잠시 어둠 속에서 휴식을 취하며 깊은 상념에 빠졌다.

'새해부터 포기를 할 수도 없고…'

나는 잠시 망설이다가 다시 용기를 냈다. '그래, 정상에 올라 태백산의 정기를 듬뿍 받아 가야지…'

각오를 단단히 하고 설국雪國으로 가는 발걸음을 재촉했다. 다른 등산객들도 어둠 속에서 가쁜 숨을 몰아쉬면서 묵묵히 걷고 있었다. 잠시 후 경사가 완만해 지자 나는 뒤에 오는 사람에게 물었다.

"저-, 정상까지는 얼마나 남았습니까?"

"이제 시작에 불과합니다."

"가는 길은 평탄합니까?"

"아니오, 올라갈수록 점점 더 험해집니다."

갈수록 태산이었다. 나는 포기하지 않고 계속해서 걸었다. 얼마나 걸었을까? 산 중턱에 오르니 좁고 험한 길이 보였다. 시계를 보니 6시 30분이었다. 여전히 산 속은 어두웠다. 등산객들은 산 중턱에서 눈보라를 맞으면서 잠시 휴식을 취하고 있었다. 어둠 속에서 배낭을 더듬어 배낭 바깥 주머니에 넣어 두었던 생수를 꺼냈는데 꽁꽁 얼어붙어 있었다. 나는 입김으로 조금씩 녹인 후 생수를 마셨다. 생수는 오장육부를 따라 굽이굽이 흐르더니 힘과 용기를 주었다.

휴식도 잠시, 나는 발걸음을 재촉했다. 정상으로 오르는 등산로는 생각보다 경사가 가파르고 험했다. 나무에 연결되어 있는 로프를 잡고 한 발 씩 걸어 올라갔다. 마치 빙벽을 타고 오르는 기분이 들었다. 간혹 걸음걸이가 빠른 등산객들도 있었지만, 등산에 초보인 나는 천천히 여유 있게 걸었다. 한참 눈 속을 헤매고 있는데, 어둠 속 어딘가에서 목탁 소리가 들려왔다.

"음-, 조금만 더 가면 사찰이 나오려나 보다. 사찰에서 잠시 쉬어야겠다." 반가운 마음에 혼잣말로 중얼거리면서 열심히 걸었다.

그런데 눈앞에 믿기지 않는 어이없는 상황이 벌어졌다. 사찰에서 흘러나오는 목탁 소리인 줄만 알고 부지런히 걸었는데, 산 중턱 좁다란 등산로에서 스님이 등산복을 입고 선 채로 지나는 등산객에게 시주를 받고 있는 것이었다. 나는 얼른 두 손을 모아 합장을 하고, 주머니에서 천 원짜리 몇 장을 꺼내 시주함에 넣었다. 스님도 "성불하세요." 하면서 합장을 하였다. 나는 정상까지의 소요시간을 물어본 뒤 계속해서 눈길을 걸었다.

태백산 정상이 가까워지자 조금씩 날이 밝기 시작했다. 정상으로 오르는 길목에는 눈꽃이 활짝 피어 있었다. 눈 덮인 세상을 보노라니 나도 모르게 마음이 설레었다. 고사된 나무 가지와 주목나무, 참나무 잔가지에 눈꽃이 피어 세상을 온통 하얗게 수놓고 있었다. 자연은 정말 위대했다.

예로부터 '민족의 영산'이라 일컫는 태백산은 해발 1,568m로 우리나라 12대 명산 중 하나로 기록되어 있을 만큼 장엄한 산이다. 신라시대부터 성스러운 산으로 섬김을 받았기 때문에 '북악北岳'이라 부르며, 강화도의 마니산과 같이 하늘에 제사를 올렸던 곳이다. 또한 태백산은 산신령의 우두머리이고 태백산 정기가 가장 크다고 믿고 있다. 정상에는 환웅천왕, 단군왕검을 모신 성황당이 있고, 돌로 쌓은 제단이 있다.

태백산 정상에는 눈보라가 더욱 세차게 휘몰아치고 있었다. 눈을 뜰 수 없을 정도의 눈보라는 등산객들을 집어 삼킬 듯 위협하고 있었다. 간신히 배낭 속에서 카메라를 꺼내 사진을 몇 장 찍었다. 카메라가 금세 얼어붙어 기기器機를 조작하기도 어려웠다. 설상가상으로 정상에서 만나기로 한 일행들은 어디에도 보이지 않았다. 나는 더 이상 지체할 수 없어 산을 내려갔다.

하산 도중에 핸드폰이 울렸다. 전화를 받으니 일행들이었다. 그들은 200m 지점의 한 작은 암자에서 나를 기다리고 있었다. 나는 너무나 반가워 한 걸음에 달려갔다. 일행들은 사전에 예약된 암자에서 아침을 준비해 놓고 있었다. 메뉴는 흰쌀밥에 시래깃국, 김과 김치가 전부였지만, '시장이 반찬' 이라 산 속에서 먹는 밥은 꿀맛 같았다. 우리는 K위원이 가져 온 양주를 한 잔씩 따른 다음, "위하여!"를 외쳤다.

산을 내려오는 것도 쉬운 일은 아니었다. 우리는 썰매를 타듯 미끄러지며 내려왔다. 시간이 흐를수록 다리가 후들거렸다. 밤새 어둠을 뚫고 눈 속을 헤치며 산행을 하여 출발 한지 5시간 만에 겨우 목적지에 도착했다. 우리는 주차장에서 일행들과 완주의 기쁨을 함께 나누면서 추위를 벗기 위해 사우나에 들어갔다.

무거운 몸을 이끌고 탕 속에 들어가니 몸과 마음이 개운해 졌다. 몸이 풀리자 많은 것이 떠올랐다. 이번 태백산 겨울 산행은 나에게 귀한 추억이 되었고, 나의 체력과 인내심을 테스트하는 소중한 시간이기도 하였다.

겨울은 제대로 추워야 마지막 계절의 참 맛이 난다. 추운 날씨에 산천을 온통 휘덮는 포근한 흰눈이야말로 겨울을 대변하는 간판이다. 눈은 겨울의 백미白眉인 것이다. 사람들은 제대로 된 계절을 누리고 싶어서, 겨울이 되면 꿈꾸듯이 눈을 기다리게 되고, 눈이 내리기 시작하면, 그것에 얽힌 많은 추억을 성급하게 건져 올리는 것이리라. 📷

제2부
평범한 여행은 가라

❶ 8박9일
❷ 생애 첫 일본여행
❸ 축제의 날
❹ 기온 마츠리
❺ 몽골에서
❻ 몽골 대초원
❼ 진정한 나를 찾으러
❽ 눈 내리는 황산
❾ 상징 그 이후
❿ 우여곡절이 많았던 중국 여행
⓫ 예원 豫園
⓬ 서비스를 모르는 CA항공사
⓭ 즐거운 쉼터에서
⓮ 새 떼와 부딪힌 푸껫항공
⓯ 빈혈
⓰ 아찔했던 졸업여행
⓱ 아! 앙코르와트
⓲ 아! 앙코르와트
⓳ 개미군단
⓴ 베트남 구찌땅굴
㉑ 환상의 섬
㉒ 환상의 섬, 하롱베이
㉓ 진주 해변에서
㉔ 태풍과 싸운 보라카이 여행
㉕ 발리 섬
㉖ 발리 섬

현대의 도시문명과 전통이 잘 조화되어 있는 도쿄는 국제도시로 손색이 없을 만큼 아름다운 도시경관을 구비하고 있었고, 이런 광경을 처음 접한 나는 마치 요지경 속에 빠진 듯했다.

8박9일

전통과 현대가 공존하는 도쿄
때 되면 제대로 웃어주는 벚꽃이
저들의 친절과 함께
눈앞에 어른거리고 있다
보람을 안고 거리를 청소하는 부유한 노인
철쭉이 가지런한 우에노 공원
우아함이 숨쉬는 교토 천년의 성
천 마리 사슴이 뛰노는 나라공원의 평화
밤의 화려함을 감춘 신주쿠 거리에
자동판매기가 말없이 그들의 친절을 대신하고
화산이 살아있는 오와쿠다니에는
하얀 수증기와 유황 냄새가 코를 찌른다
어디를 가던
부지런함과 성실함이 넘치는 곳
하늘에서 본 수려한 강산보다
더욱 아름다운 일본의 사람
땅을 사랑하는 이들에게 배워야 할
제나라 아름답게 가꾸기

생애 첫 일본 여행

지금은, 1989년 해외여행 자유화 조치 이후 특별한 사유가 없는 한, 국민이면 누구나 다 국외여행을 갈 수 있게 되었지만, 내가 처음으로 일본 여행을 간 1982년도에는 외국을 여행한다는 것 자체가 매우 힘든 일이었다. 엄격한 신원조회와 반공교육을 받는 것은 물론이고, 주변의 국외여행에 대한 인식 부족으로 하여 나는 많은 어려움과 고초를 겪으면서 일본을 다녀오게 되었다. 돌아보자니 '그때 여행 경험이 내 인생에 큰 획으로 작용하게 된 것이로구나' 라는 생각이 들어 감회가 새롭다.

나는 지도교수의 인솔 아래, 하계방학 기간을 이용하여 일본의 관광지답사와 어학연수를 목적으로 생애 처음 해외여행을 떠났다. 구름 한 점 없는 하늘에서 내려다 본 일본의 아름다운 강산과 바다에 점점이 흩어져 있는 섬들은 처음 보는 내게 무척 신비롭고 아름다운 느낌으로 다가왔다.

일본 나리타成田공항에 도착하자마자 습도가 아주 높다는 것을 피부로 느낄 수 있었는데, 이곳이 '섬나라'라는 사실을 실감케 했다. 그러나 우리들의 설레는 마음으로 인해 기후를 제대로 인식하지 못해서인가 여름 날 치고는 그다지 무덥지 않게 생각되었다. 한국이나 일본이나 사람들이 사는 모습은 별반 다를 바 없는데, 일본 도착 후 처음 느껴졌던 것은 선진국인데도 불구하고 근면 성실하게 살아가는 서민들의 일상생활에 대한 것이다. 그것은 바로 눈앞에서 70세가 넘어 보이는 백발의 노인이 허리를 꾸부리고 묵묵히 청소를 하고 있는 광경을 보았기 때문이었다.

"왜 연로하신 나이에 힘든 노동을 하십니까?"라고 물었더니,

"우리 늙은이에게도 손쉽게 일할 수 있는 기회를 주어 오히려 인간으로서 삶의 보람을 느끼지요."라고 말씀하셨다.

'저 노인처럼 자신의 위치에서 최선을 다하고 살았는가? 과연 학생의 본분으로서 열심히 노력하고 있었는지…' 나는 새삼 석연해졌다.

일본에 도착하여 처음 방문한 곳은 도쿄東京였다. 저녁 무렵에 최대 번화가로 명성이 자자한 신주쿠新宿로 나갔다. 어느새 신주쿠는 어둠이 짙게 깔리고 있었는데, 거리는 온통 휘황찬란한 네온사인과 자동차의 물결로 넘쳐흐르고 있었다. 현대의 도시문명과 전통이 잘 조화되어 있는 도쿄는 국제도시로 손색이 없을 만큼 아름다운 도시경관을 구비하고 있었고, 이런 광경을 처음 접한 나는 마치 요지경 속에 빠진 듯했다.

신주쿠 대로변에는 다양한 자동판매기가 질서 정연하게 놓여있었다. 담배나 음료수 등 필요한 물품은 동전 한 닢으로 해결되어 신기하게 느껴졌다. 그러나 자동판매기의 철저한 공정거래는 그들을 편안하

게 해줄지는 모르지만, 생존경쟁에서 오는 인간의 모럴을 파괴시키지나 않을까? 하는 불안감과 씁쓸함이 교차하였다.

길거리에서 만난 일본인들은 매우 친절했다. 길을 물으면 때마다 친절하게 설명해 주었다. 또 어떤 사람은 목적지까지 데려다 주거나 지도를 꺼내 상세하게 가르쳐 주기도 한다. 귀찮은 듯 대충 알려주는 사람은 한 사람도 만나지 못했다.

레스토랑이나 길거리에서 일본인들을 만나 서투른 일본어로 말을 건네면 "일본어를 잘 하시네요!" 하면서 칭찬을 아끼지 않는다. 난, 일본인들이 어색함이 없이 잘 대해 주어서 앞으로의 어학 실력 향상에 자신감을 갖게 되었고, 이번 여행에 대한 기대감에 더욱 부풀게 되었다.

도쿄타워에서 내려다 본 시내의 모습은 한 폭의 그림을 보는 듯 했다. 초고층 빌딩은 하늘을 찌를 듯 솟아있고, 빌딩 사이사이에는 울창한 나무들이 숲을 이루고 있었다. 산림녹화는 일본이 우리나라보다 앞서 조성되어 있었다. 그밖에 일본 천황의 어소인 고쿄, 참배자와 관광객들의 발길이 끊이지 않는 센소지, 벚꽃과 철쭉의 명소로 유명한 우에노 공원, 광활한 숲에 둘러싸인 메이지 신궁을 관광했다. 일본은 그들만의 독특한 개성을 잘 살려, 고유의 전통과 문화와의 조화를 잘 이루고 있는 듯 했다.

다음으로 방문한 곳은 하코네箱根였는데, 이곳은 도쿄 근교의 관광지로 산과 호수, 온천으로 유명한 곳이다. 우리는 중세 해적선 모양의 파이니 호를 타고 아시노 호수를 유람하면서 오와쿠다니大通谷로 갔다. 오와쿠다니는 케이블카를 타고 가는 관광 코스이다. 이곳에는 화산활동을 실제로 견학할 수 있는 산책코스가 있는데, 도보로 30분 정도 소요된다. 분출구에서 나오는 하얀 수증기와 코를 찌르는 진한 유황냄새에 금방이라도 다시 화산이 폭발하지는 않을까 한편 걱정이 되기도 했다.

하코네 관광을 마치고 방문한 곳은 아타미熱海였다. 아타미는 온화한 기후와 지형적인 영향으로 1년 내내 온천욕을 즐길 수 있는 곳으로서, 여관과 거리에는 국내외 관광객들로 인산인해를 이루고 있다. 거리를 활보하는 관광객들을 보면서, 일본이 말 그대로 '온천 대국' 이라는 것을 실감했다.

천년고도의 우아함이 숨 쉬는 교토는 천년동안 왕이 거주하던 성城이 있던 곳으로서의 명성을 잘 보존하고 있다. 역사의 도시 나라와 함께 일본을 대표하는 중요한 관광도시이다. 교토에서 우리는 니조조二條城와 기요미즈데라清水寺, 긴카쿠지金閣寺 등을 관람하였다.

다음 방문한 곳은 나라奈良였다. 나라는 우리나라의 삼국시대에 우리 문화를 받아들여 일본 최초의 국가를 이룩하고 난 후로부터 70여 년 간 일본의 수도였던 곳이다. 일본으로 건너간 우리나라 말이 지금까지 사용되는 것이 많은데, '국가' 를 뜻하는 우리 말 '나라' 가 이곳의 이름으로 정착하여 지금까지 사용하게 된 것도 그 중 하나이다. 나라에서는 1천두 가량의 사슴을 방목하고 있는 나라공원과 일본 최고의 불상을 모신 도다이지東大寺를 관람하였다.

마지막 답사는 오사카大阪 둘러보기였다. 일본 제2 도시인 오사카는 국제적인 항구도시로서, 일본의 산업과 무역의 전진기지로 유명한 곳이다. 또한 현대적인 초고층 빌딩과 오사카 특유의 수많은 음식점이 즐비해 최고의 미각을 서로 겨루고 있다. 오사카에서는 1583년에 축성한 오사카죠大阪城를 관람하였다. 엘리베이터로 전망대에 오르면 시야가 탁 트여, 다양한 모습의 오사카 시가지를 한 눈에 바라다 볼 수 있어서 좋은 곳이다.

오사카에서는 저녁식사 후에 모처럼 자유시간이 주어졌다. 우리는 번화가로 나가 밤길을 걸었다. 화려한 간판과 쇼윈도에서 나오는 불빛은 밤하늘을 아름답게 수놓았고, 길게 늘어선 식당가에는 다양한 메뉴로 미식가들을 유혹하고 있다. 주머니 사정이 넉넉하다면 밤이 새도록 화려한 거리에서 마지막 밤을 즐겨도 좋겠단 생각을 해 보았지만 그것도 잠시, 처음 나리따 공항에서 만났던 일본 노인의 근면함을 기억하며 서둘러 본연本然으로 돌아와야만 했다.

우리 일행은 일본여행 일정을 오사카에서 마무리 했다. 8박 9일 동안 많은 관광지를 둘러보았지만, 관광지마다 어디를 가던 일본 고유의 전통양식을 최대한 살려 건축하고 꾸며 놓은 모습을 쉽게 만나볼 수 있었다.

우리의 뼈아픈 역사 속 기억으로 인해, 좋은 마음으로 일본을 대하기는 사실상 어려운 일이었으나, 여행을 하면서 나는 많은 것을 보고 느낀 후 좋은 감정을 가지게 되었다. 자발적인 친절과 근면 성실, 자국의 국토를 사랑하는 순수한 일본인들의 제 나라 아름답게 가꾸기는, 두고 두고 우리 국민들이 기억하고 배워 두어야 할 일이었으니. 📷

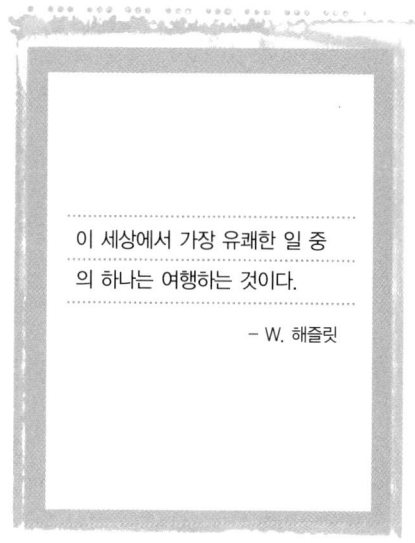

이 세상에서 가장 유쾌한 일 중
의 하나는 여행하는 것이다.

– W. 해즐릿

일본의 축제는 지역주민들이 주체가 되어 행사를 기획하고 참여하는 이른바 관(官)
과 민(民)이 합심해서 행사를 치른다. 행사를 성공적으로 치르는 그들을 보면서, 많은
축제예산으로 화려하게 개최되는 우리의 축제와는 사뭇 다르다는 것을 느꼈다.

축제의 날

800년 세월을 자랑하는
일본 후쿠시마 다지마 마을의 축제
'무더위를 건강하게 보내라'
서로 기원하며 축복하는 정갈한 시간
고유의 아름다운 의상 속에 감춰진
귀한 염원念願이 의식행렬을 이끈다
팔행기에 담긴 제물 보다
더 소중한 제 이웃의 건강을 위해
시간을 바쳐 한판으로 어우러지는 마당
세상의 다양한 즐길 거리와
음식이 즐비한 거리에서 벌어지는 공연
관객이 주인공이 되고
주인공이 바로 관객이 되는
기쁘고 흥겨운 마을잔치
역사를 대변하는 마차를 힘 다해 끌며
위용을 자랑하는 젊은이들 어깨에
번영과 화합을 다짐하는
작은 마을의 안녕이 얹혀 있다

* 팔행기 : 제를 지낼 때 귀한 제물을 준비해 담는 그릇

기온마츠리

7월 하순 경 일본 후쿠시마겐에서 열리는 기온마츠리(축제)를 보기 위해 인천국제공항에서 나리타공항까지 간 다음, 승용차로 후쿠시마 다지마로 향했다. 나리타공항을 벗어나자 일본의 농촌 풍경이 한 눈에 들어왔다.

울창한 산림 아래로 2층짜리 일본의 전통 목조 가옥들이 듬성듬성 들어서 있고, 주변에는 옥수수며 감자, 그리고 초록의 들녘이 바둑판처럼 반듯하게 정리가 잘 되어 있었다. 일본의 농촌도 우리의 농촌처럼 사람의 그림자는 찾아볼 수 없을 정도로 조용하고 한적해 보였다.

농촌 풍경이 끝나니 산간지방이 나타났다. 깊고 깊은 산골짜기를 아슬아슬하게 오르니 시퍼런 강물이 흐르는 계곡이 까마득하게 보였다. 첩첩산중의 산간 절벽에 목조 가옥과 온천장, 호텔건물들이 묘기를 하듯 계곡을 따라 한 폭의 그림처럼 들어서 있었다. 차에서 내려다보이는 절벽은 아찔할 정도로 험했다. 좁은 산길은 차량이 서로 겨우 비켜서 다닐 수 있을 정도였다.

산 속으로 깊숙이 들어가자 숲에서 나오는 풋풋한 풀내음이 코끝을 스쳤다. 하늘은 시선 저 너머로 간간이 보일 뿐 과거로 들어가는 묘령의 터널을 지나가는 듯 했다. 나무가 너무 빽빽하게 들어차 있어, 멋있다기보다는 왠지 서늘한 기분이었다. 한낮인데도 숲 속은 밤처럼 컴컴했다.

산길을 몇 굽이 돌고나니 다시 농촌풍경이 나타났는데, 나중에 알고 보니 우리 일행은 큰 산맥을 곡예 하듯 넘어온 것이었다. 나리타공항에서 다지마까지는 승용차로 대략 4시간정도 소요되었다. 마을 주변을 둘러싸고 있는 산 아래 자리 잡은 전형적인 시골 마을 한 농가에 도착해서 여장을 풀었다.

내가 머무른 농가는 2층으로 된 일본 전통식 목조건물로 앞마당에 큰 소나무가 있고, 주변은 아스파라거스, 단호박, 오이 등 채소를 심은 밭과 논으로 둘러싸여 있었다. 특이한 것은 집 가까운 밭에 비석이 유난히 많이 있다는 것이다. 이곳에서는 대대로 자신이 살던 집 근처에 장사葬事를 지내는 풍습이 있어 농사를 짓는 텃밭 옆에 조상의 비석을 나란히 모셔두고 있었다. 문화가 다른 우리는 오싹한 기분이 들기도 했는데, 그들은 아무렇지도 않은 모양이었다. 대로변에는 큰 냇물이 흐르고 있었고, 냇가 산책로에는 이름모를 야생화들이 곱게 피어있었다. 마치 휴양지에 온 것 같은 기분이 들었다.

마사하루大竹政春 가족은 할머니와 젊은 내외로 매우 단출했다. 대대로 이 고장을 지키며 살아온 마사하루는 한국인 여인을 아내로 맞아 늦은 결혼을 했으므로 자녀는 없었다. 잘 아는 지인의 소개로 그 집에 머물 수 있게 되었는데, 마사하루 가족은 체류기간 내내 매우 친절하게 대해 주었다. 나는 1층에 마련된 손님방에서 머물렀는데, 다다미방의 시원한 냉기는 섬나라의 무더위를 잊게 해 주었다.

다음 날 군청으로 찾아간 나는 여행 목적과 신분을 밝히고 인터뷰를 하고 자료를 요청했다. 관광기획과의 축제담당 직원들은 매우 친절하게 대해 주었다. 기온마츠리의 역사와 축제예산, 프로그램 등에 대해서 자세히 알려 주었다.

그들의 축제 역사는 800년이 된다하였고, 예산은 별로 들지 않는다고 했다. 프로그램에 대해서도 안내서를 보여 주면서 시간, 장소 등을 자세하게 설명해 주었다. 나는 800회 째라는 설명을 듣고 '잘못 들은 것이 아닌가?' 귀를 의심하기도 하였다. 친절한 안내와 설명에 감동한 나는 그들에게 감사의 말을 전하고, 내일 있을 축제 개막식을 고대하면서 숙소로 돌아왔다.

축제 개막식은 낮 12시 강렬하게 내리쬐는 땡볕아래 도심의 사거리에서 열렸다. 개막식은 애초 기대했던 것보다는 초라하게 진행되었다. 우리처럼 높은 단상 위에 기관장, 기초의원, 지역 유지를 줄줄이 모셔놓고 한 분씩 소개하는 것이 아니라, 의자나 단상도 없이 아스팔트 바닥에 군중과 동등하게 서서 사회자가 몇 분의 기관장을 간단하게 소개하는 정도였다. 그러나 왠지 찡하게 다가오는 것이 있었는데, 그것은 권위를 버리고 주민들과 화합하는 그들 기관장들의 친근한 미소 때문이었다.

축제 장소로 정한 곳은 우리처럼 넓은 공터나 운동장이 아니라, 도심의 메인 도로와 골목이다. 도로 양편에는 미리 관청에 신청한 상인들의 먹 거리 장터로 즐비하고, 시원하고 좁은 뒷골목은 축제를 준비하는 장소로 활용한다. 즉 행사에 참가하는 사람들이 의상을 갈아입거나 휴식을 취할 수 있는 곳이다.

화장실은 도심의 공공건물이나 병원 등의 가까운 화장실을 자유롭게 이용한다. 음식은 거리 장터에서 구입한 후 상가 앞이나 골목 어디에서고 먹을 수 있는데, 단 쓰레기 처리는 본인이 철저하게 해야 한다.

식후 행사도 우리처럼 비싼 값으로 유명 연예인을 초청해 화려하게 여는 것이 아니라, 사거리에서 남녀노소 지역주민 모두가 참가해 평소 갈고 닦은 춤이나 무술, 무용 등의 솜씨를 마음껏 자랑한다. 이들은 모두 자신이 살고 있는 지역의 축제를 위해 아무런 조건 없이 기쁘고 흥겨운 마음으로 행사에 참가한다.

축제의 주인공도 유명한 사람이 아니라, 그 지역의 평범한 주민들 중에서 선발된 모델이 포스터에 등장하는 주인공이 된다. 또한 축제 기간 내내 마을 주민이 각종 프로그램에 참가하는, 이른바 지역민을 위한 자발적인 축제가 열리는 것이다.

먹 거리는 우리처럼 사전에 정해진 업소만 참가하는 것이 아니라, 누구든지 소정의 자릿세를 지불하고 장소를 신청한 후 미리 지정받으면 되는데, 외국인들도 먹 거리 행사에 직접 참여할 수 있다. 단, 음식을 요리할 때는 축제기간 내내 수시로 감독 관리하는 보건소의 위생검열에 적극 협조해야 한다.

메인 축제행사는 아침 7시에 시작해서 저녁 6시 쯤 끝난다. 그러나 먹 거리 행사는 밤 12시까지 계속된다. 프로그램은 주로 거리에서 공연되는 행사가 많다. 가장 기본이 되는 주 행사는 사거리에서 출발해 신사까지 가는 전통적인 의식행사를 거행하는 것인데, 이른 새벽 남녀노소가 전통의상을 차려입고 '팔행기' 라는 기물에 소중한 무엇인가를 담아 긴 행렬을 이루면서 시가를 행진한다. 기온마쯔리는 '무더위를 건강하게 보내라' 는 뜻의 소중한 의미를 담고 있는 축제이다.

축제기간 동안 도심의 중심가는 문을 닫은 가게들이 많았다. 주인들은 자신의 가게 앞, 대로에서 포장마차를 치고 먹 거리 행사를 준비하는 상인들에게 최대한 협조를 해준다. 포장마차를 운영하는 사람들도 행인과 주민들에게 피해가 가지 않도록 청결 유지에 노력한다.

나는 기온마쯔리 축제기간 내내 단 한건의 사고나 고성방가 등 불미스러운 행위를 보지 못했다. 쓰레기를 무단으로 버리는 사람도 없었고, 거리는 물론 뒷골목도 깨끗했다. 포장마차에서 배출된 쓰레기는 모두 집으로 가지고 간다. 축제 후에 포장마차가 설치되었던 자리는 한 쪽에서 철수하는 동안, 먼저 철수한 곳은 이미 말끔하게 정리되어 그 흔적을 찾아보기 어려울 정도였다. 축제 후의 지저분한 거리 풍경은 없었다.

일본의 축제는 지역주민들이 주체가 되어 행사를 기획하고 참여하는 이른바 관官과 민民이 합심해서 행사를 치른다. 행사를 성공적으로 치르는 그들을 보면서, 많은 축제예산으로 화려하게 개최되는 우리의 축제와는 사뭇 다르다는 것을 느꼈다. 전국적으로 열리는 우리의 축제 풍경에도 혁신적인 변화가 필요하다는 생각이 간절하다. 📷

여행량(旅行量)은 인생량(人生量)
이다.

  ー 吳蘇白

올란바토르의 밤거리는 어둡고 침침했다. 거리를 환하게 밝혀야 할 가로등, 쇼윈도의 화려한 조명, 밤거리를 활보하는 젊음의 열기는 찾아보기 힘들었다. 인적이 끊긴 도심지는 썰렁하면서 활력이 없어 보였다.

몽골에서

말을 타고 달리는
수평의 초원
정해진 길이 없는
테렐지의 모든 것은
하늘로 향한다
순전하게 웃는 사람들
마음을 여는
따뜻한 말馬 유乳 한 잔에
우정이 넘나드는 시간
인류의 사랑은
언어를 초월한다
마른 빵 몇 조각에
보드카 한 병
온 몸으로 대화하던
게르 속 진풍경
국경을 넘은 모든 것은
별과 함께 누웠다

몽골 대초원

7월 초순, 무더위를 탈출해 푸른 초원의 나라 몽골로 향했다. 당시 몽골여행은 여행사에서도 많은 여행정보를 갖고 있지 못할 정도로 낯설기만 하였다. 나는 여행에 필요한 간단한 소지품과 겨울 점퍼, 그리고 몇 개의 긴팔 셔츠를 챙겨 방랑의 길을 떠났다.

서울에서 몽골까지는 항공기로 3시간 30분이 소요되었다. 항공기에서 내려다본 몽골은 온 나라가 푸른 잔디로 덮여 있었으며, 구름 한 점 없는 초원 위에는 유목민의 전통가옥이 드문드문 보였고, 들판에는 가축과 양떼들이 무리를 지어 한가롭게 풀을 뜯고 있었다.

첫날은 몽골의 수도인 울란바토르에서 1박을 했다. 울란바토르는 도시의 규모나 외형으로 볼 때 우리나라의 소도시 정도로서, 수도 치고는 매우 초라해 보였다. 도로에는 낡은 전차가 시민들을 가득 태우고 질주하고 있었고, 거리엔 행색이 초라한 시민들이 눈에 띄었다.

울란바토르는 '붉은 영웅' 이라는 뜻으로, 30세의 젊은 나이로 죽은

'수헤바토르'를 기념하여 세운 이름이다. 이 도시는 물과 풀이 풍부하여 유목과 수렵에 적합한 곳이어서 일찍부터 수도로서 번영해 왔다.

우리는 호텔에 여장을 풀고 시내관광을 했다. 먼저, 세계 3대 공룡박물관 중의 하나인 국립자연사 박물관에서 거대한 공룡과 공룡화석, 몽골 각지에서 수집된 희귀한 자료 2만여 점의 전시품을 둘러보았다. 박물관 관리는 좀 허술해 보였지만, 내부를 꽉 채운 듯한 거대한 공룡(타르보자울스)은 방문객들을 감탄시키기에 충분했다.

몽골 최대 규모인 간단사원은 19세기 중엽에 건축한 것으로 몽골에서 규모가 가장 큰 사원이다. 과거 공산정권 하에서도 유일하게 종교활동을 보장받았던 매력적인 사원으로 널리 알려진 곳이다. 경내에는 관광객들과 불경을 공부하는 스님들로 꽉 차 있었다.

후타크 8세의 겨울궁전으로 유명한 복트칸 궁전박물관은 왕의 거처와 7개의 사원, 왕족의 유품 및 진기한 수공예품들이 전시되어 있었다. 우리의 전통 한옥을 닮은 박물관의 기와지붕은 왠지 낯설지 않았다.

울란바토르의 밤거리는 어둡고 침침했다. 거리를 환하게 밝혀야 할 가로등, 쇼윈도의 화려한 조명, 밤거리를 활보하는 젊음의 열기는 찾아보기 힘들었다. 인적이 끊긴 도심지는 썰렁하면서 활력이 없어 보였다.

다음 날, 우리는 테렐지로 향했다. 도심지를 벗어나자 버스는 비포장도로와 파란 벌판을 넘나들면서 질주하기 시작했다. 정해진 도로가 따로 없는 것이다. 푸른 초원은 끝없이 이어져 있고, 가도 가도 끝이 보이지 않았다.

우리는 이동 중에 버스에서 내려 초원을 배경으로 사진촬영을 했고, 유목민의 전통가옥인 게르(Ger)에 들어가 막걸리를 마시면서 그들과 어울렸다. 유목민들은 게르에 거주하면서 양고기와 말 유[馬乳]로 만든 술로 식생활을 하고 있었다.

테렐지는 울란바토르 북동쪽 75km 지점에 위치한 몽골 최대의 국립공원으로서 바위산과 푸른 초원으로 이루어진 곳이다. 푸른 초원에는 국화과에 속하는 한국 특산 식물인 솜다리(Leontopodium coreanum)와 비슷한 에델바이스와 각종 야생화로 장관을 이루고 있어, 마치 그림 속에 들어앉아 있는 듯한 착각을 일으킨다.

테렐지에 도착해서 숙소로 향했다. 하얀 천막의 게르는 푸른 초원 위에 질서 정연하게 배치되어 있었다. 숙소의 내부는 몇 개의 싱글 침대가 놓여 있고, 가운데는 난로가 설치되어 있었다. 잠깐 침대에 누웠더니 파란 하늘이 눈에 들어왔다. 나는 별을 헤는 밤을 은근히 기대하면서 여장을 풀고 밖으로 나왔다.

밖에는 미리 기다리고 있던 마을의 원주민들이 말을 끌고 와서는 승마를 하라고 유혹해 왔다. 우리는 적당한 가격에 협상을 하고 승마를 즐겼다. 처음엔 서툴렀지만, 시간이 흐를수록 점점 익숙해져 갔다. 우리는 말을 타고 바위산의 계곡과 넓은 초원 위를 마음껏 달렸다. 시야에 들어오는 것은 오직 끝없이 펼쳐진 광활한 초원과 맑고 푸른 하늘뿐이었다. 난 푸른 초원을 마시며 방랑의 유혹에 빠졌다.

초원에 어둠이 찾아오자 7월인데도 우리나라의 겨울처럼 쌀쌀했다.

우리는 숙소에 들어가 난로에 장작을 넣고 불을 지폈다. 연기는 파란 하늘을 향해 피어올랐다. 썰렁했던 숙소는 어느새 열기로 가득했고, 인적이 드문 마을에는 우리 일행들로 인해 생기가 돌기 시작했다.

저녁식사는 유목민들에게 양고기 요리를 주문했다. 양 한 마리를 통째로 구워 배를 가른 다음 구워진 고기를 시식하고 난 후 뜨거운 국물을 마셨다. 양고기에 익숙해진 우리는 유목민들이 해준 바비큐 요리를 맛있게 먹었다.

저녁식사 후, 우리는 낮에 승마를 하면서 사귀었던 유목민들로부터 초대를 받았다. 그들은 말을 끌고 와서는 자기네 숙소로 가자고 했다. 낮에 익혔던 승마 실력을 발휘해 말 위에 올라타고 어둠을 헤치며 앞서 인도하는 그들을 따라 갔다.

유목민들의 주거지는 우리가 머물고 있는 숙소와 똑 같은 하얀 천막의 게르였다. 내부에는 가족 수대로 싱글 침대가 놓여 있고, 가운데는 난로가 설치되어 있었다. 난로의 땔감은 말똥을 말려서 장작대신 사용하고 있었고, 뜨거운 난로 위에는 말 유를 끓이고 있었다. 유목민들에게 있어서 말[馬]이라는 존재는 상당히 중요한 자원으로 활용되고 있었다.

우리가 안으로 들어가자 그들은 뜨거운 말 유를 마시라고 권유했다. 조금은 비위생적인 생각이 들었지만, 손님을 대접하는 그들의 순수한 모습에 차마 거절할 수 없었다. 나는 고맙다는 인사를 표하고 따뜻한 말 유를 마셨다. 처음 맛보는 말 유는 구수했다.

분위기가 무르익자 우리를 초대한 부부는 보드카 한 병과 바짝 마른 빵 몇 조각, 직접 만든 치즈를 술안주로 내놓았다. 술안주 치고는 매우 초라했지만, 식량이 부족한 초원에서의 안주로는 매우 훌륭한 것이었다. 서로 언어가 달라 완벽한 의사소통을 하는 데는 다소 어려움이 있었지만, 온 몸으로 연기한 덕분에 정을 나누며 밤늦게까지 즐거운 시간을 보냈다.

자정이 되자 우리는 자리에서 일어났다. 부부는 못내 아쉬운 듯 얼굴에 아쉬운 표정을 지으며 좀 더 놀다가라고 했지만, 내일 일정을 위해 우리의 보금자리로 발걸음을 재촉했다. 숙소로 가는 길은 따로 정해진바 없어, 한편의 동화童話처럼 하늘에서 쏟아지는 무수한 별빛과 은하수를 따라 초원을 걸어서 숙소로 돌아왔다.

나는 열기가 식어버린 난로에 장작을 넣고 다시 불을 지피고, 잠자리에 들었다. 뻥 뚫린 천정으로 시원한 바람과 함께 수억만 년 전에 태어난 무수한 별들이 쏟아져 들어왔다. 공해가 없는 몽골 대초원의 밤하늘엔 초롱초롱한 별들의 축제가 벌어지고 있었다. 적막 속에 나는 별과 함께 누웠다. 별 하나, 별 둘, 별 셋을 세다가 그만 별과 함께 멀고먼 꿈길을 헤매고… 📷

길을 떠나려거든 눈썹도 빼어
놓고 가라.

― 韓國

케이블카는 비탈진 계곡을 달달거리면서 숨 가쁘게 기어오르듯 올라간다. 발아래 펼쳐지는 경치는 장관을 이루고 있고, 깎아 내린 듯 한 절벽 사이에서 자생하고 있는 소나무 잎에는 어느새 눈꽃이 하얗게 피어 있다.

진정한 나를 찾으러

백설白雪이 발목 잡는 시간
한 치 앞 모르는 절벽을 오른다
가슴을 할퀴는 눈보라와 실랑이하는 입김
어느 결에 익숙한 얼굴이 사라졌다
'황산에 돌아오면
다시는 다른 산을 쳐다보지 않는다'
하면
이제 더 이상의 외도外道는 없을 터
뜨거운 시간으로 오르기만 올라라
장송長松이 팔 벌려 반기리라
날마다 내안에 둥지를 틀던 적敵은
절반의 생을 살아오는 동안
온전한 쉼에 대하여
얼마나한 충동을 느꼈을 것인가
'중턱에서의 감미로운 휴식은 독이다'
정상을 향해 숨 가쁘게 돋는 눈꽃처럼
얼어붙은 오늘을 딛고 서있는 나
전족한 여인처럼 뒤뚱거리며
황산을 오르고 있다

눈 내리는 황산

12월 초순 동계방학이 시작되자마자 나는 15명의 학생을 인솔해 중국 여행길에 올랐다. 이번 여행은 황산黃山을 등반하는 일정이었다. 나는 학생들에게 등산을 할 수 있는 편안한 복장을 준비하라고 설명했다.

우리는 OZ 359편으로 항조우杭州 소산공항으로 향했다. 항조우까지는 이륙 후 2시간이 소요되었다. 공항 도착 후 현지 안내자를 만나 중국 10대 고찰인 영은사를 관광하면서 황산으로 이동했다. 버스는 어둠 속을 헤치며 달리기 시작했다. 날씨가 추운 탓인지 거리를 오가는 행인도 뜸했다. 황산까지는 관광버스로 4시간 30분이 소요되었다.

늦은 밤 호텔에 도착한 후 여장을 풀었다. 겨울이라서 일까? 투숙객도 별로 눈에 띄지 않았다. 방으로 들어간 학생들은 허기가 졌는지 준비해온 컵라면을 먹고 있었다. 덕분에 나도 학생들이 끓여준 컵라면을 맛나게 먹을 수 있었다. 든든히 속을 채우고 방으로 돌아와 늦은 잠을 청했다.

다음 날 아침, 영화 '와호장룡'의 촬영지인 비취계곡을 관광하면서 황산풍경구로 향했다. 황산풍경구는 중국 안후이성 남동부에 위치해 있으며, 1990년 유네스코에 의해 세계문화유산으로 지정되었다.

"황산에 돌아오면 다시는 다른 산을 쳐다보지 않는다."는 말이 있을 정도로 산세가 매우 수려한 곳이다.

황산 입구에 도착하자 많은 눈이 내리고 있었다. 학생들은 "눈이 다!"하면서 벌써 어린아이들처럼 신이 나 있었다. 그러나 나는 걱정이 많았다. 학생들의 복장을 살펴보니 등산복을 착용했거나 등산화를 신은 학생은 눈에 띄지 않았다.

어떤 학생은 구두에 청바지를 입고 있었다. 출발 전에 그렇게 당부했는데도 귀담아 듣지 않았나 보다. 정말 진퇴양난進退兩亂이었다. 숙소는 해발 1천8백60m 황산 정상에 예약을 해 두었기 때문에 무조건 산에 올라가서 숙박을 해야만 한다.

산에 오를 때에는 1박을 하는데 필요한 속옷이나 세면도구, 귀중품 등 작은 배낭에 담을 수 있는 꼭 필요한 물품만 가지고 가야한다. 나머지 수하물은 우리가 타고 온 버스 화물칸에 그대로 보관한다.

우리는 호텔에 도착해야 하는 정해진 시간이 있기 때문에 서둘러서 케이블카에 탑승했다. 케이블카는 비탈진 계곡을 달달거리면서 숨 가쁘게 기어오르듯 올라간다. 발아래 펼쳐지는 경치는 장관을 이루고 있고, 깎아 내린 듯 한 절벽 사이에서 자생하고 있는 소나무 잎에는 어느 새 눈꽃이 하얗게 피어 있다.

케이블카 역이 위치한 산 중턱에는 이미 눈보라가 매섭게 몰아치면서 많은 눈이 내리고 있었다. 정상으로 오르는 계단 입구에는 앞을 가늠하기 어려울 정도로 세찬 눈보라가 우리일행을 집어삼킬 듯이 요란한 소리를 내면서 겁을 주고 있었다.

우리는 산행에 앞서 복장을 점검하고 불안한 마음으로 출발했다. 호텔까지 가려면 1만개의 계단을 밟고 가야한다. 입구에는 가파른 계단이 산 정상으로 길게 놓여 있었다. 몇 개의 계단을 올랐는데 벌써부터 숨이 차기 시작했다. 눈은 그칠 줄 모르고 내리고 있고, 새하얀 눈에 덮인 황산은 눈꽃 세계로 변하고 있었다. 눈이 내리자 곧바로 결빙이 되어 나무 위에는 눈꽃이 피어 독특한 장관을 이루고 있었다.

우리는 눈 속을 정신없이 걸었다. 때로는 넘어지고, 미끄러지고, 방향을 잃을 때도 있었다. 대체 어디가 길인지, 낭떠러지인지 분간하기도 어려웠고, 비탈길을 만나면 엉금엉금 기어가기도 했다.

하지만 우리는 강행군을 할 수 밖에 없었다. 날이 어둡기 전에 호텔에 도착해야 하기 때문에 우리는 최대한 서둘러서 걸었다. 모두들 얼굴이 까칠했고 빨갛게 얼어 있었다. 나는 구두에 청바지를 입은 학생들이 걱정이 되었다.

그러나 학생들은 어려운 상황 속에서도 적응을 잘하고 있었다. 우리는 일렬로 조심조심 앞 만 보고 걸으면서도 목이 마를 때는 금방 핀 눈꽃을 따먹었다. 눈꽃은 허기에 지친 몸과 갈증을 시원하게 해소해 주었다.

얼마나 눈 속을 걸었을까? 우리는 4시간이 넘는 사투 끝에 호텔에 무사히 도착했다. 호텔은 계곡에 위치해 있었으며, 비교적 아담했다. 주변은 온통 하얀 눈으로 덮여 있었다.

"산 속에 이런 호텔이 있다니…" 정말 믿기지 않았다.

안내자 이야기로는 호텔을 지을 때 사용한 자재는 모두 사람들이 손수 운반해서 지은 것이라고 했다. 또한 그는 중국인들이기 때문에 가능한 일이라고 설명했다.

따뜻한 호텔 방에서 창밖을 보니 눈은 여전히 소리 없이 펑펑 내리고 있다. 나는 문득 어린 시절 토끼몰이를 했던 상념에 젖어들었다. 강원도 산간지방에서 자란 나는 두 명의 어린 조카를 데리고 토끼몰이를 나갔다. 온 산을 샅샅이 뒤져보았지만 단 한 마리의 토끼도 발견하지 못하고, 파김치가 되어 집으로 돌아왔다. 어머니가 피워놓은 화롯가에 옹기종기 모여앉아 눈에 젖은 양말이며 옷가지를 말렸다. 옷에서는 김이 모락모락 올랐다.

나중에 안 일이지만 눈이 내리는 날에는 토끼가 나돌아 다니지 않는다는 것이다. 하얀 눈이 내릴 때마다 조카들과 토끼몰이를 나갔던 옛 추억을 생각하며 잠을 청했다.

다음날 아침에는 맑은 하늘을 볼 수 있었다. 아침 일찍 일어나 식사를 한 다음, 일출을 보면서 하산하기로 했다. 눈은 무릎까지 쌓여 있었다. 우리는 앞서 간 사람들의 발자국을 따라 한발씩 전족纏足한 여인들처럼 걸었다.

산 정상에 오르자 태양이 장렬하게 떠올랐다. 어두운 계곡은 순식간에 환하게 밝아졌다. 밤사이 운무와 하얀 눈에 가려졌던 산 정상에는 리에화평, 티엔두펑, 콩민딩 등 72개의 봉우리가 눈앞에 그림처럼 펼쳐진다.

우리는 일제히 "야호!, 야호!" 하면서 탄성을 질렀다.

'바위 위의 한 그루 소나무가 붓을 닮은 모양을 하고 있다' 고 해서 이름 붙인 멍삐셩화(몽생필화), '일출과 운해를 보기에 가장 좋은 곳' 으로 정평이 난 청량팅(청량대) 등등 황산을 대표하는 명소들이 우리들을 흥분시킨다. 세상 밖으로 고개를 내민 눈 덮인 기암괴석들은 마치 '품평회' 라도 하는 듯 저마다 자태를 뽐내고 있다. 환희의 순간을 딛고 서니 잔뜩 긴장한 채 고생했던 어제 일들이 주마등처럼 스쳐간다. 천하를 발아래 두고 자연을 누리는 기쁨은 말로 다할 수 없는 것이어서 많은 사람들이 이곳을 찾는 것이리라. 극한의 상황을 이기고 난 후의 이채로운 감상은 우리의 인생을 새삼 돌아보게 한다. '힘겹게 언덕을 올라야 그 너머의 아름다운 벌판을 볼 수 있다' 는 말을 실감하며 땀 흘린 보람을 만끽하는 순간, 눈앞에 펼쳐진 신神의 그윽한 솜씨를 감상하며 바람이 지나가고 있다. 📷

가장 귀여운 자식에게 여행을
시켜라.

— 印度

용경협은 자연 폭발로 형성된 계곡으로 관광객들에게는 1990년에 개방되었다. 계곡의 입구에는 높이 70m의 댐이 있고, 오른 쪽 옆으로 에스컬레이터가 설치되어 있다. 우리는 이것을 이용해서 댐 위로 올라갔다.

상징 그 이후

아름다운 숲
대리석 비루를 지나고 나면
명조의 13능묘와 정릉
사후에도 모든 것 지배하리라던
황제들은 보이지 않고
갑옷으로 무장한 문관의 석상과
동물석상만이 권세를 대변하고 섰다
황제 만력제가 정성들여 만들었다는
화려함 자랑하는 지하궁전
옥좌와 호화스런 부장품으로
사후 세계를 장식해 준다고 믿었던
황제와 황후의 빈 옥좌만이
지난 세월 허망함을 말하고 있다
붐비는 관광객들의 호흡에
부귀영화가 먼지처럼 날리는
허망한 무덤 속에서

우여곡절이 많았던 중국여행

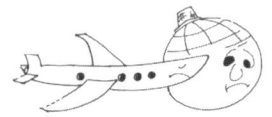

여름 방학 때 학교에서 주선한 교직원 해외연수에 참가하기 위해 아침 일찍 인천국제공항으로 갔다. 공항에는 출발시간에 맞춰 교직원들이 한두 명씩 모여들었다. 모두들 잠을 설쳤는지 안색이 피곤해 보였지만, 처음 실시하는 교직원 해외연수라 그런지 기대에 찬 표정은 밝아 보였다.

출국심사를 마치고 북경 행 항공기 CA 138편에 탑승했다. 기상 탓으로 예정시간보다 1시간이 넘어서 이륙하게 되었고, 중국의 북경까지는 이륙 후 1시간 40분이 소요되었다. 공항 도착 후 우리는 전용버스를 타고 북경대학으로 갔다.

중국 최우수 고교생들이 동경하는 대학으로 널리 알려진 북경대학의 정문은 옛 사원의 문을 그대로 살린 중국풍의 붉은 문을 하고 있어, 유구한 역사와 전통을 말해주고 있었다. 캠퍼스 내에는 '주명호朱名湖'라는 호수가 자리하고 있었고, 실록이 울창한 캠퍼스 내에는 관광객들로 인산인해를 이루고 있었다. 마치 드넓은 대학의 캠퍼스 속에 도시가

자리 잡고 있는 듯 했다. 우리는 현지 안내자의 친절한 안내를 받으면서 호수를 따라 여유롭게 산책을 했다.

두 번째로 방문한 곳은 고궁古宮이었는데, 우리는 항공기 연착 및 입국수속 지연으로 인해 관람시간이 임박해서 후문으로 입장을 했다. 매번 정문으로 입장을 했던 나는 왠지 행보가 어색하게만 느껴졌다. 고궁은 원래 '자금성紫禁城 · 황궁皇宮' 이라 불리며, 명 · 청 시대 때는 황제가 기거했던 곳이다. 이곳은 크게 외조外朝와 내연內延으로 나누어지는데, 외조는 황제가 정무를 보며 의식을 거행했던 곳이고, 내연은 일상생활을 했던 곳이다. 화려한 고궁의 건축물도 오랜 세월의 탓인지 부분적으로 수리중인 곳이 많았다.

다음 날, 오전에 방문한 곳은 명13릉과 정릉이었다. 명13릉은 명조 3대 인 영락제부터 최후의 숭정황제까지 13명의 황제를 모신 능묘로, 둘레의 길이가 40km에 이르며, 주변은 울창한 숲으로 조성되어 있어 마치 휴양지에 온 것 같았다. 대리석 비루에서 약 1km 정도 가면 능묘의 정문인 대홍문大紅門이 나온다. 이곳에는 3개의 통로가 있는데, 중앙은 황제의 유체만이 지나갈 수 있다. 그리고 양쪽을 갑옷으로 무장한 문관 12개의 석상과 동물 석상이 늘어서 있는데, 이것은 사후에도 황제가 모든 것을 지배한다는 것을 상징하는 것이다.

정릉定陵은 화려한 지하궁전으로 유명한 곳이다. 우리는 계단을 따라 정릉의 지하로 내려갔다. 지하는 냉방시설이 잘 되어 불편함은 없었으나 관람객들로 붐벼, 안내자의 설명을 듣는데 불편함이 많았다. 지하에는 황제와 2인의 황후용 옥좌 3개가 놓여 있었다. 황제 만력제는 22

세에 즉위해 6년의 세월 동안 자기의 묘역을 만들었다. 이곳의 흰 대리석과 옥좌, 황색 유리기와, 그리고 호화스런 부장품은 사후의 세계를 장식해 주고 있다.

오후에는 만리장성과 용경협을 관광했다. 세계 최대의 건조물인 만리장성은 진시황제가 중국을 통일한 후 30만의 군사와 수백만의 농민을 징발하여 대량의 벽돌을 쌓아 장성을 연결해 만들었는데, 그 길이가 무려 1만여 리에 달해 '만리장성'이라고 부르고 있다. 원래 이 성은 북방의 흉노족의 침입에 대한 방어벽으로 2,700년 동안에 걸쳐 만들어졌는데, 총 길이는 약 6,400km에 이른다. 그 중에 관광객들이 가장 많이 가는 코스는 팔달령八達嶺이다. 우리도 팔달령 코스를 선택했다. 산 중턱까지 케이블카가 설치되어 있어 오르기는 매우 편리했다. 문명의 이기인 케이블카 덕분에 수월하게 정상에 올라 웅장한 만리장성을 관람했다.

용경협은 자연 폭발로 형성된 계곡으로 관광객들에게는 1990년에 개방되었다. 계곡의 입구에는 높이 70m의 댐이 있고, 오른 쪽 옆으로 에스컬레이터가 설치되어 있다. 우리는 이것을 이용해서 댐 위로 올라갔다. 선착장 입구에서 단체사진을 찍고 배에 승선했다. 계곡 양쪽으로는 가파른 기암절벽이 하늘을 향해 치솟아 있었고, 아슬아슬한 절벽 위에는 중국식 정자가 지어져 있는 것을 볼 수 있었다. 우리는 무더위를 식히며 한가롭게 유람을 했다.

우리는 이렇게 2박 3일간 북경관광을 무사히 마치고 CA 1519편을 이용해 상해上海로 갔다. 상해에 도착해 입국수속을 마치고 수하물을 찾았다. 하지만 24개의 수하물 중 16개의 수하물이 항공사의 실수로 항공기에 적재되지 않아 짐을 찾지 못했다. 수하물은 타 항공사에 실려 다른 곳으로 잘못 수송된 것이었다. 우리는 너무나 황당해 할 말을 잃었다. 다행히도 나는 수하물을 찾았지만 같은 방을 쓰고 있는 K교수는 자신의 짐을 찾지 못했다. 깊은 시름에 빠진 K교수의 표정을 보니, 내 짐을 찾았다는 기쁨을 내색할 수도 없었다.

수하물을 찾지 못한 일행들은 종일 굳은 표정으로 관광을 다녔다. 기온은 40℃를 웃돌고 있었으므로, 기분이 좋은 상태라 하더라도 매우 힘들었을 관광이었다.

"땀에 젖은 옷을 갈아입어야 하는데…"

여기저기서 한숨소리가 들렸다.

항공사 직원들은 금방 짐을 가지고 온 다고 했다가, 시간이 조금 지나자 이번에는 호텔에 도착할 즈음에 가져다준다고 약속을 번복했다. 그러나 막상 호텔에 도착해 보니 고대하던 짐은 그 어디에도 보이지 않았다. 호텔 로비에서 현지 안내자에게 불평불만을 토로해 보았지만, 명쾌한 답은 없었다. 하는 수 없이 일행들은 수하물을 포기하고 각자의 방으로 들어갔다.

나는 방으로 들어와 샤워를 하고 새 옷으로 갈아입을 수 있었지만, K교수는 옷을 갈아입지 못했다. 마음이 허탈했는지 담배만 연신 피우고 있었다.

"휴—"

난, "짐이 곧 오겠지!" 라고 위로해 주었지만, 몇 마디 위로의 말로 불편한 심기를 단번에 씻어 줄 수는 없었다.

자정이 가까워지자 K교수는 이제 모든 것을 포기한 듯 담담했다.

"까짓 없으면 없는 대로…"

"그래, 필요한 것은 사서 쓰면 되는 거지!"

나와 K교수는 이런저런 얘기를 나누다 잠이 들었다.

새벽 3시쯤 되었을까? 한참 깊은 잠에 빠져들 무렵 '딩동! 딩동!' 하는 초인종 소리가 들렸다. 깜짝 놀라 일어나서 문을 열어 보니 현지 안내자가 짐을 가지고 서 있었다.

" 짐 가지고 오셨나요?"

"네 가지고 왔습니다. 그동안 고생 많이 하셨습니다. 이제 안심하시고 편히 주무십시오!"하면서 정중하게 사과를 해 왔다.

"고맙습니다."

우리는 누가 시킨 것도 아닌데 반가운 마음에 합창을 하듯 고맙다는 인사를 했다.

나와 K교수는 서로 마주보며 환한 표정을 지었다. 가방을 받으니 이제야 마음이 놓인다. 무더위에 갈아입을 옷도 변변치 않은 채 초췌한 모습으로 다닐 동료를 생각하자니 마음이 영 불편하였는데 다행한 일이었다. 이제는 편안한 마음으로 다음 일정을 준비하면 되는 것이다.

'조금만 더 신경을 써서 성의 있게 짐을 옮겨 주었다면 이런 불편함은 없었을 것을…'

나름대로 잘된 일이기는 하였으나, 무언가 씁쓸한 뒷맛을 느끼며 남은 일정을 위해 잠을 청했다. 📷

여행의 벗은 인생의 벗.

― 英國

높이 88층의 근무대하(大河: 중국에서 큰 빌딩을 칭할 때 쓰임)는 유럽을 연상케 하
는 건축물 중 하나로서 외관으로 볼 때 중국에서 유럽의 단면을 엿본 듯한 인상을 받
았다

예원豫園

부모를 편안케 모시기 위한

효孝의 정원

기석奇石과 아름다운 연못이

용龍 담장 안에 한가로이 쉬고 있다

교각橋脚을 건너는 18년 정성

40여개 연못과 정원을 이어 다니고

하늘 한껏 우러르는 나선형의 처마가

세상 더없이 아름다운 원園

처마가 나긋나긋 하늘을 우러르기로

반윤단의 부모 공경만이나 할까

400년 역사가 서린 중국 전통의 정원에서

정자 꼭대기에 올라탄 동물상動物相이

세월 가는 소리를 엿듣고 있다

발가락 4개로 살아남은 용 담장 너머

치열한 세상으로

은근한 차향茶香 실어 나르는

예豫의 낙원樂園에서

예원(豫園): 명나라의 반윤단이 부모를 편히 모시기 위해 1559년에 착공하여 18년에 걸쳐 지은
　　　　　정원. 중국 상해에 있음

서비스를 모르는 CA항공사

여러곳을 돌아보아야하는 다양한 일정을 위해 우리는 바쁘게
움직이고 있었다. 상해에 도착하여 홍구공원虹口公園과 임
시정부청사를 방문하였다. 매헌 윤봉길 의사 기념비와 임시정부청사
는 최근에 여러 단체의 지원을 받아 복원되어 있었다. 이국땅에서 일제
로부터의 독립을 위해 투쟁했던 열사들의 자취를 더듬어보기 위해 이
곳을 방문한 우리들은 그 시대에 흘렸던 눈물의 의미를 충분히 상기할
수 있었다.

황포 강黃浦江에서 바라본 상해의 야경은 홍콩과 견주어도 부족함이
없을 정도로 화려하고 멋져 보였다. 강변을 따라 초고층 빌딩이 마치
열병하듯 늘어서 있었다. 높이 88층의 근무대하大河: 중국에서 큰 빌딩을 칭할
때 쓰임는 유럽을 연상케 하는 건축물 중 하나로서 외관으로 볼 때 중국
에서 유럽의 단면을 엿본 듯한 인상을 받았다.

예원豫園은 중국의 멋스런 전통 찻집과 정원을 관람할 수 있는 곳이
다. 우리는 이곳에서 1시간 정도의 자유시간이 허락되어 각자 흩어져

관광 겸 쇼핑을 했다. 예원은 명나라의 고관인 '반윤단'이라는 효자가 부모님의 편안한 노후를 위해 18년 동안 정성을 다하여 지은 정원이다. 40여개의 아름다운 연못과 정원을 자랑하는 이곳은, 교각을 통해 모든 정원이 이어져 있다. 연못위로 꼬불꼬불 이어진 통로는 잡귀신을 퇴치하는 의미가 있지만, 무엇인가 감추려는 것 같아 신비스럽기까지 하다.

이곳의 내부 담장은 모두 용龍으로 되어있는데, 용의 형상을 한 담장은 중국의 고전적 건축미를 한껏 자랑하고 있다. 예원이 지어지던 당시에는 용은 오직 황제만이 가질 수 있다고 믿어 예원의 용을 문제 삼으려고 했으나, 발가락을 4개로 만들어 놓고 용이 아니라 하여 지금까지 4발가락의 용으로 살아남을 수 있었다 한다.

건축물의 지붕 네 귀퉁이 처마는 하늘로 치솟듯 반원을 그리고 있고, 지붕 중앙에는 동물형상이 조각되어 있다. 상해 유일의 명원名園답게 정원 안에는 기기묘묘한 돌들이 많이 있고, 한정된 공간 안에서 교묘하게 설계하여 무한한 공간으로 느껴질 만큼 치밀하게 배치되어 있는 것을 느낄 수 있다.

예원 명물의 하나인 석가산은 지나치게 기교를 부린 건물지붕과 어우러져 멋을 더한다. 오래된 고택에는 음식점과 찻집이 자리하고 있었다. 그윽한 차향에 취하고 분위기에 반한 나는 고풍스러운 정원 전체의 풍경이 너무나 아름다워, 오래 기억하고 싶은 마음에 카메라에 가득 담아 왔다.

저녁식사 후 우리는 쑤조우蘇州로 이동했다. 운하의 도시로 유명한 쑤조우는 그림 같은 풍광을 지니고 있었다. 맨 먼저 방문한 곳은 졸정원拙政園이었는데, 명나라때 어사를 지냈던 왕헌신이 중앙 정계에서 뜻을 얻지 못하고 고향에 칩거하였을 당시 축조한 정원이다. 원내는 동원·중원·서원으로 크게 나뉘어 있다. 정원의 반 이상이 연못으로 되어 있고 아름다운 건축물들은 대부분 물가에 세워져 있다. 아름다움을 집대성한 이 정원은 호수·축산·건축 3가지의 조화에 중점을 두고 만들어 졌다. 아름다운 연못에는 때맞춰 우리를 반기려는 듯 연꽃이 활짝 피어 있었다.

낮 최고 기온이 40℃가 넘었으므로 호구산을 관광하는 일은 예상보다 몹시 힘이 들었다. 땀은 이마에서 목 줄기를 타고 온 몸으로 흘러내렸다. 열심히 부채질을 해 보아도 큰 도움이 되지 않았다. 천신만고 끝에 호구산 정상에 오르니, 서기 961년 송나라 시대 때 축조된 8각 7층 탑이 우뚝 솟아 있었는데, 이 탑은 옆으로 5°정도 기울어져 있어서 정말 신기했다.

호구虎丘 탑은 피사탑보다 400년 늦게 축조된 탑으로서 마르코폴로가 동양의 피사탑이라고 예찬했다는 설도 전해지고 있다. 탑 밑에는 오나라 시대 때 세운 왕궁이 있다고 전해지는데, 보물이 무려 3,000여 점이 있을 것으로 추정하고 있다.

쑤조우에서 1박을 하고 전용버스로 항조우杭州로 갔다. 항조우는 중국의 대표적인 관광도시로서 내국인 관광객이 95%를 차지하고 있을 정도로 가는 곳마다 관광객들로 붐비고 있었다. 우리는 맨 먼저 링인스靈隱寺를 방문했고, 호텔로 돌아오는 길에는 북송 970년에 창건된 육화

탑六和塔을 보았다. 탑은 8각형 13층 구조를 하고 있었으며, 매우 웅장해 보였다.

다음날 우리 일행은, 일찍이 마르코폴로가 예찬했고 소동파蘇東坡의 시로도 유명한 서호西湖를 유람했다. 이곳은 당나라 시인 백락천白樂天과 북송 시인 소동파가 관리를 지내던 곳으로 유명하다. 이들은 각기 힘을 들여 제방을 쌓았다고 전해지는데, 서호는 가히 '시인의 호수' 라고 할 정도로 아름다웠다. 중국에 '서호' 라는 이름을 가진 호수는 30개가 있는데, 그 중에서 가장 유명한 것이 바로 항조우의 서호를 꼽는다. 우리는 유람선을 타고 잔잔한 물결을 가르면서 서호의 아름다운 풍경을 관람했다.

서호 유람을 끝으로 2박 3일 간의 상해, 쑤조우, 항조우 여행을 마친 우리는 항조우국제공항으로 갔다. 예정대로 출국수속을 한 후 대합실에서 쇼핑을 하면서 탑승을 기다렸다. 그런데 웬일인지 출발해야 할 항공기가 오지 않았다. 이유를 물으니 기체고장이란다. 항공사 측은 어떤 해명도 하지 않았다. 우리는 북경에서 벌어졌던 CA항공사 수하물 분실 사건을 돌이켜 생각하면서 또 한 번 할 말을 잃었다.

한참 뒤 항공사에서 도시락을 나누어 주었다. 항공기 결항에 대한 자세한 해명이나 방송도 없이 슬그머니 넘어가려 하고 있었다. 승객들은 일렬로 길게 서서 도시락을 배급받았다. 우리는 나누어준 도시락을 들고 대합실 의자에 옹기종기 모여 앉아 언제 떠날지 알지도 못한 채 불안한 마음으로 식사를 했다.

승객들은 아무런 해명을 하지 않는 CA항공사의 서비스에 불만이 많았지만, 정작 그들은 별로 대수롭지 않게 여기는 듯 했다. 사회주의 국가의 항공서비스 부재에 대해 놀라지 않을 수 없었다.

3시간쯤 뒤에 활주로를 보니 조그마한 항공기가 대기하고 있는 것이 보였다. 우리 모두는 중국 내의 국내선 항공기일 거라고 단정했지만, 설마 했던 그 작은 것이 바로 우리가 타고 갈 항공기였다. 별다르게 뾰족한 수가 없는 우리는 내키지 않는 마음으로 탑승을 했다. 항공기는 예상대로 중국의 국내선 전용 항공기였는데, 임시로 국외 운항을 하게 된 모양이었다.

규모도 매우 작고 낡아 보였던 비행기의 기내에서는 천장에서 나와야 할 에어컨 바람 대신에 굴뚝처럼 하얀 가스가 뿜어져 나오고 있었다. 얼마나 많이 나왔는지 안개 속에서처럼 상대방의 얼굴도 분간하기 어려울 정도였다. 격납고에 방치해 두었다가 갑자기 끌고 나온 것 아닌가 생각이 들었다. 어이가 없었으나 '버스는 떠난 뒤'라, 이미 비행의 궤도에 올랐으니 더 이상의 선택의 여지는 없었다.

과정이야 어떻든 간에 곡예와도 같은 아슬아슬한 비행을 마치고 무사히 귀국할 수 있었다. 이번 여행은 우여곡절이 참으로 많았으나 나름대로 유익하고 재미있는 여행이었다. 여행 내내 중국의 산해진미를 즐길 수 있었고, 특급호텔에서 편안하게 쉴 수 있었으며, 평소 학교에서 많은 시간을 함께하지 못했던 교직원들과 가까이 할 수 있어서 더더욱 좋았다. 비록 항공사의 서비스가 제대로 갖춰지지 않아 여러 번의 고충이 따르기는 했지만, 두고두고 기억에 남을 소중한 여행이 되었다. 📷

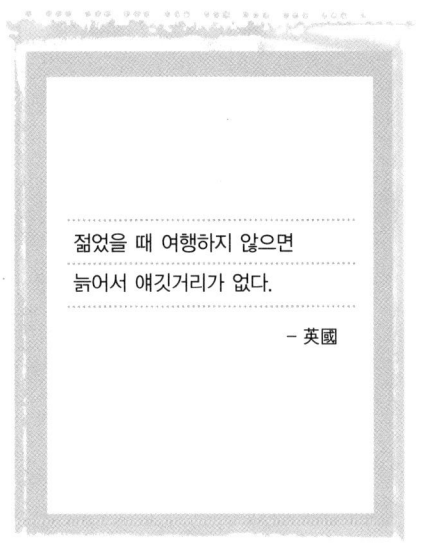

젊었을 때 여행하지 않으면
늙어서 얘깃거리가 없다.

- 英國

파타야에는 알카자 쇼가 유명하다. 화려한 의상을 입고 펼치는 게이들의 춤 솜씨를 보면 남녀노소 누구나 넋을 잃는다. 쇼는 전통 의상, 무용, 음악 등이 어우러져 40여 분 동안 화려하게 전개된다. 쇼가 끝나면 무희들과 함께 사진촬영도 할 수 있다

즐거운 쉼터에서

동양의 최고 휴양지
파타야
멈추지 않는 환락의 길[道]
톡 튀어나오는 록(rock)의 발랄함과
세상 재미에 들썩이는
타이의 전통무용
게이들의 화려한 춤 솜씨에
거리는 더할 나위 없이 휘황찬란하다
황금빛 아침
산호섬으로 가는 투명한 물에
남국의 해변이 발을 적시는 시간
산호와 열대어를 연모하는
나 천상의 새가 되어
윈드서핑 패러세일링을 즐기고
농눅 빌리지에서
덩치 큰 코끼리의 재롱을 보며
세상 조급함을 내려놓다

새 떼와 부딪힌 푸껫항공

올해 여름방학 여행은 저렴한 비용으로 손쉽게 갈 수 있는 태국 파타야로 가기로 했다. 인천국제공항에서 방콕까지는 다양한 항공사가 취항하고 있으나, 비용도 절약할 겸 푸껫항공기를 이용하기로 했다. 파타야를 가려면 우선 방콕까지 항공기를 이용한 다음, 다시 관광버스를 이용해서 2시간 정도는 가야한다.

인천국제공항에서 방콕까지는 이륙 후 5시간 30분이 소요되었다. 돈무앙국제공항에서 현지 가이드와 상견례를 한 다음, 버스로 파타야로 이동했다. 파타야는 방콕에서 동남쪽으로 약 150km 지점에 위치해 있으며, '동양의 최고 휴양지'로 널리 알려진 세계적인 관광지이다. 방콕에서 버스로 2시간 거리라는 지리적인 조건과 비교적 저렴한 비용으로 남국의 황금빛 해변을 즐길 수 있다는 점 때문에 이곳을 방문하는 외국인 관광객들은 날로 증가하고 있는 추세이다.

파타야에 도착했을 때는 이미 어둠의 그림자가 짙게 드리우고 있었으며, 3km의 긴 해안선을 따라 고급 호텔과 각종 유흥업소들이 불야성을 이루면서 관광객들을 유혹하고 있었다. 학생들은 휘황찬란한 거리의 풍경에 연신 감탄을 한다.

"와우~!"

"와~!"

"정말 멋지다!"

파타야는 과거 20년 전까지만 해도 이름도 없는 조용한 어촌에 불과했다. 베트남 전쟁이 격화되면서 미군과 태국군 휴가병들이 찾아오게 되자 이들을 위한 오락시설이 점점 늘어나면서 관광지로 형성되기 시작했다. 파타야는 밤이 되어도 즐겁다. 거리에는 현지 여인들과 팔짱을 끼고 다니는 외국인들이 있는가 하면, 밤새도록 나이트클럽과 바에서는 록(Rock) 음악이 흘러나오고, 쇼핑센터가 밀집한 거리에는 교통체증으로 몸살을 앓을 정도로 현지인들과 관광객들로 북적인다.

파타야에는 알카자 쇼가 유명하다. 화려한 의상을 입고 펼치는 게이들의 춤 솜씨를 보면 남녀노소 누구나 넋을 잃는다. 쇼는 전통 의상, 무용, 음악 등이 어우러져 40여 분 동안 화려하게 전개된다. 쇼가 끝나면 무희들과 함께 사진촬영도 할 수 있다.

파타야의 한낮은 세계적인 휴양지답게 다양한 즐길 거리가 준비되어 있다. 산호 섬 관광은 파타야 관광의 하이라이트이다. 파타야 비치에서부터 모터보트로 30분 정도 소요되는데, 하얀 모래사장과 투명한 물결이 파노라마처럼 펼쳐진다. 이곳은 아름다운 바다 속 산호와 열대어들을 감상할 수 도 있고, 수상스키나 윈드서핑, 패러세일링을 즐길 수 있다.

농눅빌리지는 방대한 휴식공원에서 태국의 전통문화와 자연을 즐길수 있도록 조성해 놓은 곳으로 각종 민속공연이 화려한 춤과 함께 선보인다. 무대 뒤편 운동장에서는 코끼리 쇼가 펼쳐진다. 자전거 타기, 축구, 농구 등 큰 덩치에 걸맞지 않게 장난기 있는 몸짓으로 공연을 진행하는 코끼리의 묘기는 많은 관광객들로부터 열렬한 박수갈채를 받는다.

밀림에서 체험할 수 있는 프로그램 중에는 코끼리 트레킹이 있다. 육중한 코끼리의 등을 타고 좁다란 밀림 속으로 들어가 모험을 즐기는데, 가파른 언덕길을 내려갈 때는 학생들은 무섭다고 비명을 지른다.

현실감이 사라질 만큼 아름답고도 스릴이 넘치는 이번 파타야 여행은 학생들의 조급증까지 치유해 주었다. 비록 3박4일 간의 짧은 일정이었지만, 여행의 기쁨과 가치를 배가해 주었다.

파타야 여행을 마친 우리는 다시 방콕으로 돌아왔다. 새벽 1시 비행기를 타야하므로 여유 있게 쇼를 관람하면서 동시에 식사를 즐길 수 있는 메뉴를 선택했다. 테이블에 앉으니 다양한 중국요리가 코스로 나왔고, 연못가에 마련된 무대 위에서는 태국 전통무용이 화려하게 펼쳐지고 있었다. 한참 식사 삼매경에 빠져 있을 즈음, 현지 가이드가 내게 다가오더니 귓속말로 소곤거린다.

"교수님! 오늘 밤에 귀국할 수가 없게 되었습니다."

"왜요, 무슨 일이 있습니까?"

"네, 사실은 비행기가 새 떼와 부딪쳤습니다."

"에이 거짓말…"

나는 현지 가이드가 농담으로 말한 것으로 생각하고 별 생각 없이 식사를 즐겼다. 우리는 요리를 깨끗하게 비운 다음 사진촬영을 했고, 고국으로 떠날 시간이 되자 아쉬움을 뒤로한 채 버스를 타고 돈무앙국제공항으로 향했다. 버스는 항공기 출발시간에 맞춰 빠르게 질주하고 있었다. 조용히 눈을 감고 있으니, 파타야 여행의 아름다운 추억이 주마등처럼 스쳐갔다.

한참을 지나 버스가 도착한 곳은 공항의 출국대합실이 아니라, 공항 바로 앞에 있는 호텔이었다. 영문도 모르는 채 호텔에 도착하고 보니 항공사 직원들이 우리를 기다리고 있었다. 그들은 여러 대의 전화기를 가지고 오더니 각자 자기 집으로 국제전화를 하라는 것이다. 우리는 집으로 돌아가는 일이 늦어지는 이유를 설명하기 위해 각자의 집으로 국제전화를 건 다음, 방으로 들어가 원치 않는 하루 밤을 보냈다. 호텔 시설은 아주 깨끗하고 좋았지만, 마음은 불편하기만 했다.

아침 식사를 하고 9시 쯤 에스컬레이터를 이용해 길 건너편에 위치한 돈무앙국제공항의 출국대합실로 갔다. 출국수속을 마치고 보세구역에서 11시에 이륙예정인 인천행 푸껫항공 보딩을 기다리고 있었다. 그러나 시간이 흘러 오후 3시가 되어도 보딩한다는 안내방송이 나오지 않자, 3백여 명에 달하는 한국인 관광객들은 거세게 항의를 하기 시작했다. 거센 항의에도 불구하고 항공사 측에서는 아무런 반응이 없었다. 과격해진 관광객들은 단체로 몰려가 집기를 집어던지면서 파업에 돌입했다.

우리는 항공사 직원에게 자초지종을 알아보기로 했다. 푸껫항공기는 몇 일전 일본의 자위대 병력을 태우고 이라크에 갔다가 방콕으로 돌아오는 도중 상공에서 새 떼에 부딪쳐 항공기 앞 유리가 파손되었다는 것이었다. 항공기는 벌써 이틀째 수리 중에 있으며, 그로 인해 출발 시각이 지연되고 있는 것이다. 사정을 들어보니 일리가 있었다. 그러나 관광객들은 시간이 흐를수록 더욱더 흥분하고 있었고, 학생들도 파업에 합세를 했다. 항공사 직원들은 변명을 하느라 진땀을 흘리고 있었다.

날이 어두워지자 항공기는 연착 24시간 만에 보딩을 했다. 셔틀버스를 타고 활주로에 도착하니, 아직도 항공기는 수리 중에 있었다. 관광객들은 수리 중인 광경을 목격하고는 다시 한 번 파업을 했다. "저런 상태의 항공기는 절대로 탈 수 없다"고 이번에는 탑승을 거부하는 파업을 하는 것이었다. 학생들도 덩달아 파업에 동참했으나 나는 극구 만류했다.

천신만고 끝에 항공기는 저녁7시쯤에 이륙했으나, 관광객들은 기내에서 다시 웅성거리기 시작했다. 인천공항에 도착하면 항공기에서 내리지 말고 환불을 신청하자는 것이었다. 여행단체의 대표들이 한 곳에 모여 대책회의를 여는 등 기내의 분위기는 매우 흥분되어 있었다. '이제 와서 환불을 받으면 무엇 하겠는가?' 나는 목적지에 무사히 도착하기만을 기원하며, 학생들에게는 절대 동요하지 말라고 신신당부를 했다.

항공기가 인천국제공항에 도착하니 밤 12시가 지났다. 항공사 직원들은 기내에 들어와 지역별로 관광버스를 대기시켜 놓았으니 양해해 달라고 호소했다. 그러나 관광객들은 항공사 측의 사과에도 아랑곳하지 않고 점점 더 거세게 파업을 하고 있었다. 나는 학생들을 데리고 공항을 빠져나와 항공사 측에서 마련해 준 버스를 타고 새벽 3시쯤 집으로 돌아와 잠에 곯아 떨어졌다.

아침에 일어나 TV를 켜니 남은 몇몇 관광객들이 아직도 공항에서 파업을 하고 있는 장면이 나왔다. 결국 항공사 측은 이들에게 약간의 항공요금을 환불해 주었다. 푸껫항공은 새떼와 부딪친 사건 이후에도 비슷한 일이 발생해, 결국 한국 취항을 영원히 취소당하게 되었다. 📷

‘위기는 또 다른 기회’ 라는 말이 실감난다. 자칫 즐거움을 누리는 것으로 끝날 수 있었던 여행이었으나, 이번 일을 계기로 우리 모두는 여러 가지의 교훈을 얻었다. 여러 사람이 한사람을 돕는 일은 쉬운 일이라 생각 되지만, 선뜻 마음을 열어 실행하는 일은 어려운 것이다.

빈혈

눈에 보이지 않는
은밀한 곳에서
반란이 일어나고 있다는 것을
까맣게 잊고
기름진 세월을 보냈다
윤택한 생활 속에 자리 잡은
어이없는 결핍
자신이 가장 잘 아는 몸인데
순간 방심했던 탓에
무너져 버렸으니 어이하랴
이제는 구석구석
산소 같은 웃음을 전해야하리
성공적인 노화를 위해
시간을 되찾는 일
아찔한 오늘을 잠재울
유산소운동으로

아찔했던 졸업여행

'**국외** 여행 출국자 수 1천만 명 시대!' 나는 평범한 여행보다는 뭔가 색다른 추억을 남길 수 있는 여행이 없을까 고민하다가, 이번 졸업여행은 캄보디아 '앙코르 왓'을 보러 가자고 학생들을 설득했다. 최근 인천국제공항에서 캄보디아의 수도 프놈펜으로 가는 직항로가 개설되어 있어 편안하게 갈 수 있지만, 여행경비도 절약하고 특별한 모험을 체험하기 위해 태국을 경유해서 가는 험한 비포장 길을 선택하기로 했다.

졸업여행 참가 학생은 70명이었다.

나는 과대표를 불러 "인원이 너무 많으니 절반으로 줄여!" 라고 했다.

그리고 "이번 여행은 아주 힘들 거야, 몸이 허약한 학생은 가지 말라고 해!" 하고 강조하듯 말했다.

그러나 모두들 색다른 여행이 될 것이라는 기대 때문인지 70명 전원이 간다고 한다. 나는 하는 수 없이 허락하고 말았다.

　인천국제공항에서 태국 방콕까지는 이륙 후 5시간 30분이 소요되었다. 방콕 돈무앙국제공항에서 현지 가이드와 미팅을 한 다음, 3대의 관광버스에 나눠 타고, 캄보디아 국경으로 이동했다. 대낮의 이글거리는 태양도 서산으로 기울어 창밖엔 어둠이 짙게 드리우고 있었지만, 기온은 여전히 섭씨 45도를 오르내리고 있었다.

　우리는 5시간의 긴 여행 끝에 밤 10시 쯤 태국과 캄보디아 국경지역에 도착해 호텔에서 여장을 풀었다. 인원이 많은 관계로 호텔투숙 절차와 수하물 배달을 받는데도 오랜 시간이 걸렸다.

　나는 로비로 나와 "시간이 많이 걸리니, 자기 짐은 각자 가지고 가"라고 했다.

　70명의 학생들은 짐을 찾기 위해 로비로 몰려왔다. 그런데, 한 여학생이 자기 짐 손잡이를 잡는 순간 전기에 감전 된 듯 "억!"하면서 그 자리에서 큰 대자로 쓰러졌다.

　모두들 깜짝 놀라 "일어나! 왜 그래!"하면서 몸을 흔들어 보았지만, 아무런 의식이 없었다.

　난 다소 흥분된 어조로, "빨리 방으로 옮겨!"하며 외쳤다.

　로비에 모인 학생들도 안색이 파래졌다.

　"큰일 났구나! 병원도 의사도 없는데…" 난 혼잣말로 중얼거렸다.

　일단, 그 학생을 자기 방 침대에 눕히고, 찬물로 닦아주었다. 그리고 같은 방을 쓰고 있는 친구에게 자초지종을 알아보니, 그 학생은 세 끼의 식사를 굶어 빈혈이 생겼다는 것이다.

'아뿔싸 큰일이구나!'

'난 이번 여행의 인솔 책임자이고, 그 학생의 지도교수가 아닌가?'

앞으로 닥칠 상황을 생각하니, 눈앞이 캄캄하면서 현기증이 날 것만 같았다.

'정신 차리자! 침착하자! 모든 것은 내가 결정해야 한다.' 몇 번이고 다짐하고 또 다짐했다.

먼저, 여행사 직원과 현지 가이드와 학생 대표들을 내 방으로 불러 놓고 대책회의를 열었다.

난 현지 가이드에게 "어떻게 하면 좋습니까?"라고 물었다.

그러자 현지 가이드는 "교수님! 의식이 회복되면 그냥 데리고 다닙시다. 한국으로 가는 것도 쉽지 않습니다. 항공 좌석 예약도 어렵고, 경비도 140만 원 정도는 있어야 하구요…"

정말이지 '사면초가'였다.

난 다시 물었다. "학생이 세 끼를 굶었는데, 어떻게 데리고 다닙니까?"

"교수님! 돈이 있어도 45도나 되는 더운 날씨에 누가 그 학생을 부축하고, 길 안내하구, 비행기를 태워줄 수 있습니까? 방법이 없습니다. 그냥 강행군합시다."

아무리 생각해도 대책이 없었다.

"그럼 1시간 뒤에 다시 이 자리에 모입시다. 각자 좋은 아이디어를 내십시오. 목숨이 걸린 일입니다."

방으로 돌아와 다양한 방법을 모색해 보았지만, 뾰족한 수가 없었다. 잠깐 동안이지만 그 학생이 원망스러웠다.

'몸이 약하면 오지말지! 이 일을 어떻게 하면 좋은가'

문득 나의 가족들 얼굴이 떠올랐다. 만약 그 학생이 잘못되면 내가 어디까지 책임을 저야하는지 등등… 순간 난 많은 것을 생각하고 번뇌했다.

다시 모여 대책회의를 열었다.

"자- 좋은 생각이 있습니까?"

"…" 모두 묵묵부답이었다. 시간은 새벽 1시였다.

내가 말을 꺼냈다. "그럼, 1시간 뒤에 다시 모입시다."

모두들 지쳤는지 여전히 말이 없다.

"…"

예정대로라면 내일 아침 6시쯤에 아침 식사를 해야 하고, 태국 국경을 넘어 이글거리는 태양을 안고 그것도 비포장도로를 7시간이나 가야 하는데, 저런 상태의 몸으로는 대책 없는 일이라 …

안되겠다 싶어 새벽 2시 쯤 방에서 국제전화를 걸어 학생의 어머니와 통화를 했다.

"여보세요. 밤늦게 죄송합니다. 저는 K대학의 최 교수입니다. 저… 따님이 빈혈로 쓰러졌습니다."

밤중에 전화를 받은 어머니는 많이 당황하고 있는 듯했다.

난 전후사정을 자세히 설명하면서, 특히 한국으로 돌아갈 비용을 마련하는 일이 가장 어렵다고 했다.

학생의 어머니는 비용은 나중에 계산하는 걸로 하고, 우선 귀국시켜

달라고 했다.

난 "최선을 다해 보겠다."고 약속하고, 전화를 끊은 다음, 과대표를 불렀다.

"지금부터 내 얘기 잘 들어! 우리 모두 70명이지?"

"네! 교수님!"

"빨리 학생들을 깨워서 1인당 2만원 씩 빌려와! 그러면, 140만원이 되잖아! 빨리 서둘러!"

"네!… "

처음엔 70명의 학생이 많다고 생각했는데, 천만 다행이었다. 현금 140만원은 순식간에 모아졌다. 난 다시 회의를 소집했다.

"자- 현금 140만원을 준비했습니다. 우리 모두 그 학생이 무사히 한국으로 돌아갈 수 있도록 힘을 모읍시다."라고 간곡히 부탁했다.

모두들 "교수님 대단 하십니다"라고 하면서 나에게 용기를 불어넣어 주었다.

시계 바늘은 어느새 새벽 3시를 가리키고 있었다. 어느 정도 상황정리가 되고나니 온몸의 긴장이 풀리기 시작했다.

'위기는 또 다른 기회' 라는 말이 실감난다. 자칫 즐거움을 누리는 것으로 끝날 수 있었던 여행이었으나, 이번 일을 계기로 우리 모두는 여러 가지의 교훈을 얻었다. 여러 사람이 한사람을 돕는 일은 쉬운 일이라 생각 되지만, 선뜻 마음을 열어 실행하는 일은 어려운 것이다.

그럼에도 불구하고 한 사람도 빠지지 않고 뜻을 같이하여 성숙한 모습을 보여 준 학생들을 보면서, 이번 졸업여행은 목적지에 도착하기도 전에 이미 소중한 것들을 얻었다는 생각을 했다. 여행지를 방문하여 직접 눈으로 보고 경험하며 얻는 지식 보다, 예기치 않던 일을 만나 직접 겪어봄으로써 저절로 배우는 삶의 생생한 체험은, 여행의 값진 부분이기 때문이다.

다음날 아침 6시에 그 학생을 깨워 미음을 조금 먹인 뒤, 태국인 1명, 같은 방을 썼던 친구 1명, 방콕 여행사에 근무하는 졸업생 1명 등 세 사람에게 무사귀환을 시켜달라고 부탁을 하고, 우리는 45도가 넘는 무더위 속에 누런 흙먼지를 뒤집어쓰면서 머나먼 캄보디아를 향해 달렸다. 📷

세계 7대 불가사의의 하나인 앙코르와트는 세계 최대의 석조 건물로, 이집트의 피라미드와 중국의 만리장성에 버금가는 사원이다. 열대밀림지역의 폐허 속에서 이토록 아름답고 신비스러운 석조유적이 발견 되리라고는 아무도 상상하지 못했을 것 아닌가?

아! 앙코르와트

이글거리는 태양이
온 세상을 불태우는 오후
비지땀을 흘리며
애써 찾은 평원에서
우뚝 솟은 앙코르와트를 만났다
눈물이 핑 도는 순간
백만 사람의 왕성한 제국은
불현듯 역사 속으로 사라졌으나
정글 속 400년 잠자던 사원
잊혀진 사람들에게
한낱 신화처럼 모습을 드러내다
세계7대 불가사의 석조사원
신과 같아지려한 크메르족 왕의 염원이
열대밀림 폐허 속에서
감동으로 다시 살아났으니
인류 최대의 사원
가히 앙코르(왕성하다는 의미)라

아! 앙코르와트

태국 국경에서 1박을 한 우리는 아침 5시에 일어나 캄보디아로 떠날 준비를 했다. 국경을 넘어 비포장도로를 8시간이나 가야하기 때문에 아침 일찍부터 서둘렀다. 국경을 넘는 일은 쉽지만은 않았다. 3대의 버스에 나눠 타고 태국 국경까지 3시간 정도 간 다음, 다시 국경에서 출입국 수속을 해야 한다.

국경에 도착하자 타고 온 버스는 태국으로 되돌아갔고, 우리는 걸어서 국경에 마련된 출입국 사무소로 갔다. 간단하게 출국수속을 마치고 캄보디아 국경까지 다시 걸어서 갔다. 캄보디아 입국비자를 미리 받아놓은 우리는 한 줄로 서서 입국사무소에 여권을 맡겼다.

국경에는 45도를 넘나드는 땡 볕 아래 비자를 신청하려는 수많은 인파들이 끝이 안보일 정도로 길게 늘어서 있었다. 옷차림이 남루한 그들은 마치 국경을 탈출하는 난민 같았다.

우리는 걸어서 국경근처의 주차장으로 갔다. 주차장에는 70년대 우리가 타고 다녔던 '아시아' 자동차에서 생산된 폐차 직전의 버스가 기다리고 있었다. 버스에는 한글로 된 홍보용 스티커가 덕지덕지 붙어있었다. 버스는 매우 낡아 있었고, 에어컨은 엉망이었다.

우리는 인원 점검을 하고 머나먼 앙코르와트를 향해 출발했다. 국경을 벗어나자 버스는 먼지가 뽀얗게 일어나는 황톳길을 마구 달리기 시작했다. 45도를 넘나드는 신작로는 뽀얀 흙먼지로 가득해 반대편에서 오는 차를 식별하기도 어려웠다. 먼지는 창을 통해 우리의 얼굴과 입속까지 파고 들어왔다. 입을 꼭 다물고 있어도 소용이 없었다. 입안에서 흙이 씹히고 있었다. 그래도 버스는 아랑곳 않고 계속해서 달리고 있었다. 도로 사정은 말이 아니었다. 아니, 이름만 도로이지 이것은 도로라고 할 수도 없었다.

황량한 벌판은 인적이 끊겨 있고, 이글거리는 태양만이 온 세상을 불태우고 있었다. 나는 걱정이 많았다. "무사히 갈 수 있을까?", "사고는 나지 않을까?" 내내 걱정을 하면서 갔다. 시간이 흐를수록 버스는 좌우, 위아래로 요동치기 시작했다. 모두들 손잡이를 꼭 잡고 있었다. 먼지가 많아 숨쉬기조차 어려웠다. 벌써 몸은 땀과 흙먼지로 뒤덮여 있어 몰골이 말이 아니었다.

아직 목적지까지는 5시간이나 더 가야한다. 이제 와서 되돌아갈 수도 없고, 정말 진퇴양난進退兩亂이었다. 난 중간 중간에 몸이 아픈 학생들은 없는지 확인하면서 갔다. 그리고 이런 힘든 여행도 나중에는 즐거운 추억이 될 것이라고 설명했다. 학생들도 크게 웃으면서 나에게 용기를 주었다.

운행도중 타이어가 펑크 나거나 빠진 적도 있었다. 황량한 벌판에서

운전기사가 직접 타이어를 교체했다. 카센터는 상상조차 할 수 없다. 고칠 때까지 몇 일이고 길바닥에 쪼그리고 앉아 기다려야 한다. 세상에나… 여행자에 대한 대접이 말이 아니었고, 도로사정은 최악이었다.

시간이 흐를수록 점점 기온이 올라가 50℃가 되었다. 몸을 가누기 힘들 정도의 무더위로 비지땀이 쏟아졌다. 나는 다시 한 번 중얼거렸다. "살아서 돌아갈 수 있을까?"

어둠이 내릴 무렵 우리는 시엠리엡에 도착했다. 모두들 큰 사고 없이 호텔에서 여장을 풀 수 있었다. 온 몸은 땀과 흙먼지로 뒤범벅되어 있었다. 샤워기로 먼지를 씻어내면서, 어려움을 무난히 극복했다는 자신감에 작은 행복을 느꼈다.

국경을 넘어 오기까지 우리는 얼마나 고생을 했던가? 그리고 지난 밤 실신한 학생은 무사히 귀국했는지? 도중에 전화를 할 수도 없는 상황이라 확인할 수가 없고…

난, 이런 저런 생각을 하다가 깊은 잠에 빠졌다.

앙코르와트는 시내에서 북쪽으로 6.5km 지점에 위치해 있다. 우리는 먼저 탑프롬 사원과 앙코르 돔을 관람한 다음 오전 11시 쯤 앙코르와트로 갔다. 기온은 벌써 50℃를 넘나들고 있었다. 우리는 이글거리는 태양을 손바닥으로 가리며 돌길을 따라 걸어갔다. 중간에 여행을 포기하고 버스로 돌아오는 학생들도 있었다. 나는 또 한 번 걱정을 했다. "앙코르와트를 무사히 볼 수 있을까?"

무더위를 극복하고 가까이 다가가자 앙코르와트는 넓은 평원 위에 웅장한 모습을 고스란히 드러낸 채 우뚝 솟아 있었다.

"아! 앙코르와트" 난, 순간 눈물이 핑 돌았다. 함께 보지 못한 몇몇 학생들이 생각났다. "감동의 자리에 함께 왔으면 좋았을 걸…"

아쉬움도 잠깐, 모든 것을 잊고 800년 전 그 불가사의의 역사 속으로 빠져들어 환상적인 여행을 떠나기 시작했다. 앙코르와트(앙코르라는 단어는 왕성함을 의미하며 와트는 사원 자체를 뜻하는 말이다.)는 인도차이나 반도 최고의 여행지라 할 수 있으며, 엄청난 감동과 수수께끼를 던져주는 곳이다. 12~13세기에 인도차이나 반도에서 가장 번성했던 앙코르 제국은 당시의 인구 100만 명에 달하는 거대한 도시였다. 그러나 외세의 침입으로 어느 날 불현듯 역사 속에서 사라져버렸다.

그러다가 1868년 프랑스 탐험가 '헨리 모하트'가 밀림 속의 앙코르 유적을 발견하면서부터 시작되었다. 무려 400년간이나 깊은 정글 속에서 아무에게도 알려지지 않은 채 잊혀져 지구상에서 사라진 줄만 알았던 앙코르와트가, 꿈처럼 그 모습을 나타낸 것이다. 난 감동 하나하나를 놓치지 않기 위하여 유적들을 정성스럽게 눈으로 더듬어나갔다.

세계 7대 불가사의의 하나인 앙코르와트는 세계 최대의 석조 건물로, 이집트의 피라미드와 중국의 만리장성에 버금가는 사원이다. 열대 밀림지역의 폐허 속에서 이토록 아름답고 신비스러운 석조유적이 발견 되리라고는 아무도 상상하지 못했을 것 아닌가? 진한 감동으로 역사의 현장에 서 있자니 어느새 무더위도 씻은 듯이 잊혀져가고 있었다.

앙코르와트는 12세기 전반에 수리아바르만 2세가 건립하였다. 당시 크메르족은 왕이나 왕족이 죽으면 그들의 신과 같아진다는 믿음이 있었기 때문에 왕들은 신의 사원을 건립하는 풍습이 있었다. 그는 힌두교의 비슈누신과 일체화한 자신의 묘로서 사원을 건립하였다. 앙코르와트는 힌두교의 신들과 그 대리인인 왕에게 바쳐진 장대한 크메르인들의 독자적인 우주관과 신앙세계가 담겨 있다.

사원의 구조는 동서 약 1,500m, 남북 약 1,300m에 이르며, 인류 최대의 사원이다. 건축양식은 지층부가 피라미드와 동일한 건축양식을 이용하였으며, 석탑은 돌로 지은 후 조각을 하여 만든, 석면부조의 힌두 및 우주의 섭리를 묘사한 문구와 형상으로 조각되어 있다. 앙코르와트는 모두 3개의 기단으로 나뉘어 지는데 첫 번째 기단에는 아름다운 벽화가 새겨져 있고, 목욕탕 등이 들어서 있다.

세 번째 기단에는 각 변으로 부처님이 모셔져 있으며 중앙에 우뚝 솟은 탑까지는 213m이다. 정면에서 보면 탑이 3개 밖에 보이지 않지만, 옆에서 보면 제3기단의 모서리에 1개씩, 그리고 가운데 가장 높은 탑 1개가 서 있다. 이 탑의 모양은 줄기가 점점 가늘어지는 연꽃 모양 또는 원뿔형으로 되어 있어 신비롭고 아름답다. 앙코르와트는 우주의 세계를 상징하는데, 중앙 탑은 신화적인 산을 상징하고 있는 메로로서 우주의 중앙에 있다고 한다. 그리고 이 사원 둘레에 있는 해자는 바다를 뜻하기도 한다.

시간이 흐를수록 앙코르와트의 역사 속으로 점점 빠져들었지만, 날씨가 너무 더운 관계로 많은 시간을 할애하지 못하고 아쉽게도 오후 1시 쯤 호텔로 돌아왔다. 무더위 속에서의 강행군이었으나, 앙코르왕조 전성기 역사를 짚어보는 시간이 매우 인상적이었기에 여행의 고달픔을 깨끗이 잊을 수 있는 여행이었다. 📷

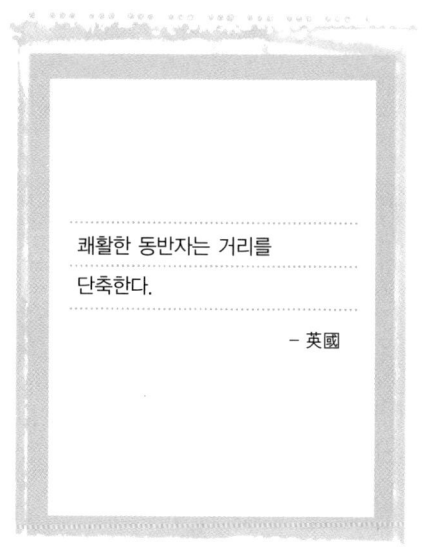

쾌활한 동반자는 거리를
단축한다.

― 英國

개미군단

인도차이나 반도 동쪽에
길게 뻗은 나라 베트남
메콩강 삼각주 한가운데 자리 잡은
우울한 도시 호찌민에서
오토바이의 무질서한 물결을 만나고
전쟁 박물관에서는
이들의 묵은 아픔을 보았다
고엽제로 황폐해 진 숲을 지나
전형적인 농촌 지역인 구찌로 향하니
소생된 밀림 속에
추락한 헬기와 탱크의 잔해가
전쟁의 역사를 말없이 대변하고 있다
오솔길 따라 밀림으로 드니
가로세로 30cm 좁은 땅굴이 보인다

생존을 위한 그네들만의 굴
나뭇잎과 흙으로 완벽하게 위장한 삶의 터
내일의 빛을 잃을 수 없어
오히려 태양을 버린 지혜로운 이들은
검은 바나나를 먹으며
전쟁이 끝나기를 기다렸단다
조금씩 파내어 내다 버리던 흙의 양만큼
혹 그만큼의 희망을 꿈꾸었을
작은 베트남 사람들
결국 누구도 굴을 파괴하지 못했다

베트남 구찌땅굴

베트남 여행상품을 전문으로 취급하는 H여행사의 친구에게 별 뜻 없이 "베트남 가봤으면 좋겠다."고 했더니, 며칠 뒤 갑자기 손님을 데리고 여행을 가라는 것이었다. 나는 밤 12시 쯤 연락을 받고 간단한 옷가지만을 챙긴 채 새벽 4시에 공항으로 나갔다. 공항에는 지방에서 올라온 4명의 고객들이 나와 있었다. 나는 H여행사의 '최 이사'라고 소개를 하고, 그들을 인솔해서 베트남의 호찌민으로 갔다.

인도차이나 반도 동쪽에 길게 뻗은 베트남은 S자형의 나라로 풍부한 자원과 천혜의 자연환경을 갖추고 있는 나라이다. 메콩 강 삼각주 한가운데 위치한 호찌민은 수도인 하노이보다 인구밀도가 높은 베트남 최대의 도시로, 거리는 온통 오토바이와 자전거를 탄 사람들로 물결을 이루고 있었다.

거리에서 느껴지는 모습은 우리나라와는 너무나 달랐다. 교차로에 설치되어 있어야 할 신호등은 아예 없고, 중앙선은 물론 차선을 지키는 차량도 없었다. 게다가 도로를 횡단하는 행인들조차도 무질서해 보였다. 그러나 무질서한 거리의 모습과는 대조적으로 시민들의 표정은 매우 밝아 보였다.

우리는 호텔에 여장을 풀고 시내의 다운타운으로 나갔다. 호찌민의 밤거리는 매우 어둡고 칙칙해 보였다. 활기로 넘쳐야할 밤거리는 썰렁했고, 거리를 오가는 행인들의 숫자보다 제복을 입은 경찰관들이 더 많이 눈에 띄었다. 그들은 지나가는 행인들을 붙잡고 검문검색을 실시하고 있었다.

오가는 행인들의 모습은 매우 초라해 보였다. 건물의 담벼락에 빛바랜 거울을 붙여 놓고 거리에서 이발을 시켜주는 사람도 있었고, 남루한 옷차림에 맨발로 오토바이를 타고 다니는 사람도 있었다. 간혹 마스크와 양말을 신고 오토바이를 타는 멋쟁이 여성들도 눈에 띄었지만, 오토바이에서 뿜어져 나오는 메케한 매연은 뿌옇게 시야를 가리고 있었다.

해가 기울 무렵 사이공 강으로 나가 유람선에 승선했다. 강가에는 어둠이 짙게 깔리기 시작했고, 저 멀리 호찌민 타워는 어두운 밤하늘을 비추고 있었다. 2천여 명의 승객을 동시에 수용할 수 있는 유람선에는 세계 각국에서 온 관광객들로 붐비고 있었다. 무대 위에는 태국 여가수가 4인조 밴드에 맞춰 노래를 부르기 시작했고, 뒤이어 베트남 출신 여가수는 한국어로 인사말을 한 뒤 테이블 사이를 돌아다니며 우리나라 대중가요인 '눈물을 감추고'를 불렀다. 또 다른 여가수는 '아리랑'을 열창했다. 중간에 마이크를 건네받은 한국인 관광객들도 스스럼없이 노래에 합세했다.

어느덧 선상의 분위기가 무르익자 대형 유람선은 검은 물살을 헤치고 넓은 사이공 강을 항해하기 시작했다. 유람선은 3층까지 외국인들로 꽉 차 있었는데, 3층에서는 악사들이 베트남 전통악기로 '아리랑'을 애절하게 연주하고 있었다. 강물도 음률에 맞춰 너울너울 춤추고 있었다.

다음날 아침 일행들과 함께 전쟁박물관으로 갔다. 박물관에는 베트남 전쟁에 관한 자료들이 전시되어 있었다. 노천 전시장에는 미군의 헬리콥터, 장갑차 등 각종 무기류가 전시되어 있고, 사진 전시실에는 미군이 베트콩을 펄펄 끓는 물에 잡아넣는 장면, 탱크에 매달아 끌고 가는 장면 등 잔인하게 학살하는 사진들이 전시되어 있었다. 화학 무기실에는 미군이 폭격기를 이용해 밀림에 고엽제를 살포하는 사진도 있었다. 박물관의 분위기는 매우 처참해 보였다. 차마 눈을 뜨고 볼 수 없는 장면들이 너무나 많아 '차라리 안 봤으면 좋을 뻔했다'는 생각이 들었다.

우리는 다소 가라앉은 분위기 속에서 다음 코스인 구찌로 향했다. 구찌는 호찌민 에서 서북쪽으로 약 75km 지점에 있는 전형적인 농촌 지역이다. 원래 이 지역은 밀림으로 덮여 있는데, 월남전 당시 미군이 고엽제를 살포해 초토화 시킨 곳이다. 지금은 밀림이 다시 소생되었지만, 아직도 숲 속에는 추락한 미군의 헬기와 탱크의 잔해가 남아있어 당시의 치열했던 전투를 회상할 수 있었다.

원래 구찌는 땅굴전투 지역으로 유명한 곳이다. 땅굴은 프랑스와의 전쟁 때인 1948년부터 1954년까지 48km를 팠고, 그 후 200km를 더

파서 지금의 지하요새가 만들어졌다. 땅굴은 마을끼리 서로 연결되어 있으며, 사이공 강 물속에 입구가 나 있다. 당시 미군은 500만 톤에 달하는 폭탄과 고엽제를 이 지역에 살포하고, 미 보병사단 등 200여 개의 부대를 배치해 전투에 임했지만, 땅굴을 파괴하지는 못했다. 전쟁이 지난 지금은 땅굴 입구를 확장하여 베트남 구찌를 찾는 관광객들에게 역사의 현장을 공개하고 있다.

오솔길을 따라 밀림 속으로 5분 정도 들어가자니 야자나무로 지붕을 덮은 시원한 움막이 나온다. 이 지역은 베트남 국방부에서 직접 관장하는 지역이며 정글 모자에 검정 군복을 입은 현역 군인들이 나서서 직접 안내해 준다. 먼저 구찌 땅굴을 견학하기 전에 움막에서 땅굴의 입구와 내부를 설명하는 현장 지도와 당시 전투 전개에 대한 상세한 내용을 담은 비디오로 알기 쉽게 먼저 설명해 준다.

구찌 땅굴은 체격이 작은 베트콩들만 통과할 수 있도록 가로 세로 30cm의 작은 네모꼴로 만들어져 있다. 어떻게 저 작은 굼을 드나들 수 있었는지 이해하기가 쉽지 않았다. 굴을 파는데 사용한 도구는 호미였으며, 파낸 흙은 봉지에 담아 사이공 강이나 정글에 조금씩 얇게 뿌려 흔적을 없애면서 굴 파기 작업을 진행 하였다고 했다. 출입구는 나뭇잎과 흙으로 완벽하게 위장하거나 사이공 강 물 속으로 만들었다. 땅굴의 깊이는 30m 인데 개미굴처럼 이웃 마을과 연결되어 있다. 통로는 높이 70cm, 폭은 50cm로 몸을 구부려야 이동할 수 있다.

땅굴에 대한 설명을 들은 후 우리는 땅굴 속으로 직접 들어가 체험을 해보기로 했다. 굴은 여러 갈래로 나 있었으며, 체격이 큰 사람은 몸에 꽉 끼어 자유롭게 다닐 수 없을 정도로 비좁았다. 허리를 굽혀 안으로 들어가니 내부에는 놀랍게도 50여 명까지 들어갈 수 있는 회의실을 비롯해서 탁자와 의자까지 갖춘 사령관실, 학교, 식당, 간단한 의료 기기가 준비된 병원도 있었고, 부엌의 연기가 여러 통로를 거쳐 지나가면서 땅속에 흡수되도록 지혜롭게 환기구멍을 설치하였다.

그들은 땅 속에서 바나나를 구워 먹으면서 전쟁이 끝나기만을 기다렸다고 한다. 우리는 그들이 구워준 바나나를 시식해 보면서 조금이나마 땅속 생활의 어려움을 이해할 수 있었다. 건축학적으로 불가사의한 구찌 땅굴은 베트콩들이 농사를 지어 가면서 30년 세월동안 틈틈이 파서 이룬 것이라 했다.

결국 미군은 지하요새의 땅굴을 파괴하지 못하고 크나큰 희생만을 치른 채 손을 들고 말았다. 베트남 전쟁은 장기간에 걸쳐 계속되었지만, 남베트남과 미국의 패배로 끝났다. 오랜 전쟁은 모든 사람들에게 참혹한 결과를 가져다주었고, 많은 사람들이 죽거나 부상당하고 집을 잃었다. 결국 베트남의 농촌은 폭격과 고엽제로 황폐화 되었고, 도시는 심하게 파괴되었다. 고엽제의 폐해는 지금까지도 수많은 참전 용사들과 현지 베트남인들에게 고통과 시련을 안겨 주고 있다. 거리에서는 고엽제의 후유증으로 고통을 겪고 있는 사람들을 쉽게 접할 수 있다.

관광지에 버스가 도착하면 한 쪽 팔이 없는 아이, 다리가 없는 아이, 허리가 굽은 아이 등등 10여 명 정도가 우르르 몰려온다. 그들은 버스 문 앞에서 손을 뻗으며 서로 돈을 달라고 아우성이다. 어쩌다 서너 명의 어린이들에게 돈을 주기 시작하면 금세 주변에서 금방 2~30여명의 어린들이 벌 떼처럼 모여든다. 그들에게 충분한 돈을 주지 못한 우리 일행은 슬픈 눈매를 가진 아이들이 너무 불쌍해서 말없이 눈물을 흘렸다. 이후로는 지구촌 어디에도 이런 전쟁의 아픔이 없어야 할 텐데… 📷

아침이 밝아 오자 점점이 떠 있는 섬들이 저마다의 아름다운 자태를 뽐내기 시작했다. 바다는 마치 호수처럼 고요하고, 화려한 물빛이 눈부시게 아름답다. 우리는 화려한 바다 풍경에 또 한 번 탄성을 터뜨렸다.

환상의 섬

끝없이 펼쳐진 장관
화려한 물빛을 가르는 목선
베트남의 한나절
고요한 바다를 탐미하다
2억 5천 년 깊고 푸른 세월
생명의 유무를 막론하고
약한 것을 강하게 하는 산화의 기운에
기기묘묘한 석회암이
하롱베이의 신비로 태어났다
수면 위에서 형성되어
물 속으로 내려간 카르스트
신의 선물이 용이 되어 내려온 곳
꼭두각시, 거북이 섬, 경이의 섬
용 섬, 불가사의 동굴
저마다의 이름을 안고
화려한 유랑을 꿈꾸는 섬
소리가 잠든 수면에서
고개 드는 한 폭 산수화를 보다

환상의 섬 하롱베이

호찌민에서 하롱베이를 가려면 베트남 국내선 항공기를 이용해 다낭(Da Nang)으로 가야한다. 우리는 2박3일 간의 호찌민 여행을 마치고 다낭으로 향했다. 다낭까지는 비행기로 1시간이 소요되었다.

다낭공항에서 하롱베이까지는 다시 자동차를 타고 7시간 정도 가야 한다. 공항에는 우리나라에서 수입된 낡은 봉고차가 나왔다. 차량 내부에는 중국집, 분식점 등을 홍보하는 각종 광고 스티커가 덕지덕지 붙어 있었다. 우리는 폐차 직전의 중고차를 이용해 덜컹덜컹 거리면서 하롱베이로 갔다.

이동 중에 강이 나오면 봉고차를 바지선에 싣고 강을 건너고, 또 다시 달리다가 강이 나오면 바지선에 봉고차를 싣는다. 하롱베이까지는 이런 과정이 몇 번이고 되풀이 되었다. 차창으로 베트남의 농촌 풍경이 눈에 들어왔다. 야자나무 사이로 계단식 다락 논이 있고, 모내기를 하는 농부들의 모습도 정겹게 느껴졌다. 1년에 3모작의 쌀농사를 짓고 있는 베트남은 인구의 70% 이상이 농업 및 관련 산업에 종사를 하고 있다.

하롱베이는 가도 가도 끝이 없었다. 도로사정이 좋지 않은데다 승차감마저 좋지 않아 우리는 많은 어려움을 겪어야 했다. 무릎과 허리도 아프고 정말이지 고행이었다. 우리는 해가 서산에 질 무렵 천신만고 끝에 하롱베이에 도착했다. 호텔은 산 중턱 비탈진 곳에 위치해 있었다.

봉고차가 비탈진 곳으로 오르자 하롱베이의 조망이 한 눈에 들어왔다. 우리는 호텔에 도착하는 순간, 탄성을 터뜨렸다.

"야! 멋지다. 이런 광경은 처음 본다.…"

'그렇다' 수면 위로 우뚝 솟아 있는 바위는 한 폭의 산수화 같았다.

하롱베이 관광은 바이차이 터미널 앞 선착장에서 시작된다. 관광 코스는 각 여행사별로 다양하지만, 대개 베트남의 전통적인 목선木船을 타고 6시간 동안 관광을 하게 된다. 우리는 아침 일찍 식사를 하고 선착장으로 갔다. 선착장에서 베트남 전통의 목선을 타고 긴 항해를 시작했다.

아침이 밝아 오자 점점이 떠 있는 섬들이 저마다의 아름다운 자태를 뽐내기 시작했다. 바다는 마치 호수처럼 고요하고, 화려한 물빛이 눈부시게 아름답다. 우리는 화려한 바다 풍경에 또 한 번 탄성을 터뜨렸다.

"야! 정말 멋지다."

그러나 저 멋진 경치를 어찌 말로 다 할 수 있겠는가?

대자연의 경이로움이 가득한 하롱베이의 신비는 깊고 푸른 바다에 불쑥불쑥 솟아 있는 기기묘묘한 모습의 바위와 석굴들에 있다. 하롱베이 일대의 경치를 모두 둘러보려면 최소한 한나절은 소요된다. 여유 있게 빠짐없이 살펴보려면 하루 이틀 정도는 필요하다.

19세기 말 이곳을 찾은 유럽 관광객들은 하롱베이의 아름다운 경치에 넋을 빼앗겨 기암괴석과 수많은 석물에 '경이'와 '신비'라는 수식어를 붙이는 데 주저하지 않았다고 한다. 1993년 하롱베이는 유네스코로부터 세계적인 경치로 인정받아 관광지로 개발되고 있다.

영화「인도차이나」의 촬영무대였던 하롱베이는 세계 8대 경승지 중의 하나로 손꼽힐 만큼 아름다운 풍경을 지니고 있다. 통킹만의 후미인 이 안에는 3천여 개의 돌 선인장 같은 뾰족한 섬들이 솟아올라 있는데, 그 중에는 아치처럼 조각된 것도 있고, 터널처럼 뚫린 것도 있으며, 또 위압적인 종유석들이 매달려 커다란 동굴의 형상을 이루고 있는 것들도 있다.

하롱베이의 암석층들은 그 모양과 크기가 매우 신비스럽고 환상적이어서 예로부터 '용이 내려온 곳'이라고 전해진다. 19세기에 이곳의 지도를 그린 프랑스의 지질학자들은 용 섬, 거북이 섬, 불가사의 동굴, 꼭두각시, 경이의 섬 등 바위 하나하나에 모두 이름을 붙였다.

지금으로부터 2억 5천년 전의 석회암으로 이루어진 이 바위들은 오랜 세월 동안 풍화 작용으로 인하여 봉우리가 침식되어 현재와 같은 모습을 갖게 되었다. 즉 석회암이 지하수에 함유된 이산화탄소의 산화작

용으로 용해된 결과 지금의 모습이 만들어졌다는 것이다. 암석이 수면 위에 있을 때 조각되어 만들어진 하롱베이의 카르스트는 일부가 물속에 잠겨 있기 때문에 한층 더 장관을 이룬다.

　점심 식사는 선상에서 했다. 바다 속에 닻을 내리고 주변의 경치를 관람하면서 식사를 했다. 배가 항구에서 출발할 때부터 2명의 요리사가 배 위에서 4시간에 걸쳐 요리를 준비했다. 메뉴는 신선한 야채와 각종 재료를 이용해서 만든 해산물 요리였다. 선상에서 해산물을 맛보는 즐거움 또한 일품이었다.

　한참 식사 삼매경에 빠져있을 무렵, 멀리서 희미한 물체가 우리 쪽으로 흘러내려 오고 있었다. 우리에게 가까이 다가온 대나무로 만든 다래끼 안에는 5명의 가족들이 타고 있었다. 처음에는 보트 피플로 착각했다. 그 가족의 행색은 남루하기 짝이 없었는데, 얼굴은 가난에 찌들어 있었다. 세수조차도 안 했는지 손·발이며 몸은 매우 더러워 씻은 지 오래되어 보였다. 또 이불과 그릇 등 싣고 다니는 살림살이도 정말 눈을 뜨고 볼 수 없을 정도로 비참해 보였다.

　우리의 판타스틱한 분위기는 순식간에 가라앉았다. 며칠 전 호찌민에서 목격했던 고엽제 후유증으로 고생하고 있는 아이들의 모습이 순간 떠올랐다. 호찌민에는 거리에 거지가 있는데, 하롱베이에는 바다 위에 거지가 있는 것이다. 우리는 그 가족에게 요리를 먹으라고 권했지만, 가여운 그들은 요리보다는 돈이 필요하다고 했다. 먼저 가장 나이가 어려보이는 사내아이에게 약간의 돈을 건넸다. 그러자 차례대로 돈을 요구하기 시작했고, 나중에는 부모들까지 돈을 달라며 시커먼 손을 내밀었다. 우리는 가족들에게 골고루 분배하듯 돈을 줬다. 그들은 고맙다는 인사를 하고는 바위틈으로 사라져 갔다.

사람이 한 세상을 산다는 것은 무엇인가? 저토록 힘겹게 삶을 살아가야 하는가? 우리의 맑은 얼굴은 어느새 자취를 감추고 있었다. 📷

나그네에게 가장 무거운 짐은
속이 빈 지갑이다.

— 獨逸

우리는 다시 속 옷 차림으로 바다 물속에 풍덩 빠져 헤엄을 치면서 섬으로 건너갔다. 젖은 우리들의 모습은 마치 물에 빠진 생쥐 같았다. 어이없는 와중에도 우리는 서로 마주보며 크게 웃었다.

진주 해변에서

모래 위를 달리는
남국의 강렬한 햇살이
묵은 잠을 깨운다
은빛 살결을 어루만지려
창을 넘는 열대의 지순한 사랑에
지친 마음을 내리고
선뜻 하늘을 바라는 곳
보라카이의 경이로움 속에서
가슴 가득 풍요를 채우는 일은
가없는 축복이다.
세상살이
풍랑 이는 밤 지나고 나면
매혹적인 아침을
기어이 만나게 되나니
이제
잔잔한 속삭임 들으며
수마일 달콤한 해변에서
부는 바람에
넋을 주어도 좋으리라

태풍과 싸운 보라카이 여행

남국의 강렬한 햇살과 은빛 모래위로 잔잔하게 밀려오는 파도소리가 어서 일어나라고 창문을 두드린다. 환상의 섬 보라카이에서의 아침은, 경이롭고 감미로운 음률로 전신을 휘감아 돌며 다가온다. 행복을 만끽하는데 조금의 부족함도 없는 최상의 시간이다.

필리핀 최고의 휴양지로 손꼽히는 보라카이는 대자연의 경이로움과 열대의 풍요로움이 가득한 섬이다. 보라카이로 가려면 마닐라에서 필리핀 국내선 항공기를 이용해 칼리보로 가서, 다시 버스를 타고 카티클란까지 가야 한다. 우리는 마닐라국제공항에 도착해 공항 주변에서 점심 식사를 하고, 국내선 항공기에 탑승한 다음 칼리보로 갔다.

우리 일행은 칼리보에 도착한 후 카티클란까지 가는 시외버스에 올랐다. 버스는 초라해 보였지만, 다행히도 20명이 앉을 수 있는 빈 좌석이 있어 편안하게 갈 수 있었다. 칼리보는 아클란 주에서 가장 오래된 도시라서 그런지 오래된 가옥들이 눈에 많이 띄었다. 혼잡한 거리에는 오토바이의 물결과 정원 초과로 자동차 문에 매달린 채 이동하는 사람들도 자주 보였다. 도시의 풍경은 초라하기 그지없었다.

칼리보에서 카티클란까지는 버스로 3시간 정도 걸렸다. 해 질 무렵에 카티클란에 도착했다. 마을 주민들은 버스 주변을 에워싸고는 신기한 무엇을 발견한 듯 우리를 바라다보고 있었다. 카티클란은 파나이 북서쪽 끝에 있는 작은 마을로, 보라카이로 가는 보트 선착장이 이곳에 위치해 있다.

우리는 인원과 수하물을 점검한 후 선착장으로 이동했다. 그런데 선착장은 어디에도 보이지 않았다. 말이 선착장이지 배를 타는데 필요한 교각이나 시설이 전혀 없었다. 우리가 타고 가야할 배도 보이지 않았다.

"배는 어디에 있습니까?" 나는 다그치듯 물었다.

"저기 있는 낚시 배입니다."

"뭐요! 저걸 어떻게 탑니까?"

"옷을 벗고 타야 합니다."

아무렇지도 않게 대답하는 현지 가이드의 말을 듣는 순간, 우리는 서로의 얼굴을 바라보았다.

"저기까지 헤엄을 쳐야 합니까?"

"네…."

"우리의 수하물은요…."

"포터가 운반해 줍니다."

"기막힌 일이네…."

하는 수 없이 속 옷 차림으로 50m쯤 개헤엄을 치면서 조그마한 낚시 배에 다가가 기어 올랐다. 선체는 태풍으로 인해 심하게 흔들렸다. 조잡하게 만들어진 배는 금방이라도 부서질 것 같이 보였다. 학생들의 얼굴은 매우 초초한 빛이었고 긴박한 상황에 긴장하는 모습이 역력했다. 우리는 밧줄이나 난간 등 눈에 보이는 대로 꼭 잡고 매달렸다. 어느새 밤이 찾아와 보라카이 섬은 형체도 보이지도 않았고, 어두움 속에서 태풍으로 몸살을 앓고 있는 바다의 거친 울음 소리만 들려왔다. 나는 무사히 섬에 도착이나 할 수 있을지 걱정이 이만저만이 아니었다.

'시간이 얼마나 흘렀을까?'

우리는 태풍과의 사투 끝에 무사히 섬에 도착했다. 천만다행이었다.

그런데 이번에도 배에서 내릴 수 있는 선착장은 보이지 않았다.

"어떻게 내립니까?" 나는 불안한 마음으로 물었다.

"헤엄을 쳐야합니다."

"또 헤엄을…."

"네…."

"갈수록 태산이네…."

우리는 다시 속 옷 차림으로 바다 물속에 풍덩 빠져 헤엄을 치면서 섬으로 건너갔다. 젖은 우리들의 모습은 마치 물에 빠진 생쥐 같았다. 어이없는 와중에도 우리는 서로 마주보며 크게 웃었다.

섬에 무사히 도착하고 나니 안도의 한숨이 나왔다. 그러나 그것은 시작에 불과했다. 반갑지 않은 또 다른 모험이 기다리고 있었다. 이번에는 독일군 식 오토바이를 타고 오솔길을 따라 산으로 올라가야 한다고 했다. 난 울며 겨자 먹기 식으로 학생들을 3명 씩 조 편성을 하여 오토바이에 태웠다. 학생들을 각각 태운 오토바이는 매캐한 매연을 뿜으면서 좁은 오솔길을 따라 요란한 굉음을 내며 어둠속으로 사라졌다. 지도자인 나는 학생들을 모두 출발시킨 다음, 체중이 좀 무거운 남학생 두 명과 함께 탔다.

그런데 어찌된 일인지 우리가 탄 오토바이는 요란한 굉음만 낼 뿐 언덕을 오르지 못하고 있었다. 체중이 너무 많이 나가는 탓에 오토바이가 비탈길을 오르지 못하고 애를 쓰더니 급기야 곤두박질을 쳤다. 우리는 구사일생으로 살아남았지만, 나의 안전보다 앞서 보낸 학생들이 더 걱정되었다.

"다들 무사히 가야할텐데…."

천신만고 끝에 모두들 산 정상에 도착했다. 어둠 속에서 급히 인원과 수하물을 점검해보니 다행히도 다친 사람이나 잃어버린 물건은 하나도 없었다.

"휴~"

많은 걱정을 했는데 아무 일이 없으니 천만 다행이었다.

그런데 기쁨도 잠시, 이번에는 각자의 수하물을 들고 산길을 내려가야 한다고 한다. 태풍을 피해 안전하게 갈 수 있는 방법은 오직 산 길 뿐이라고 했다. 지칠대로 지쳐 그들과 싸울 힘도 남아있지 않았다. 하지만 어쩌겠는가? 별수 없이 학생들을 설득한 다음, 어두운 비탈길을 조심스럽게 내려갔다. 산길은 돌이 많아서 바퀴 달린 여행가방을 끌 수도 없으므로 짐을 운반하는데 매우 힘이 들었다. 우리는 달빛에 의지하여 길을 찾아가며, 몇 번이고 쉬어가면서 해변을 향해 내려갔다.

"혹시, 여행사에게 사기당한 것 아닌가?" 난 혼자 중얼거렸다.

우리는 2시간의 고단한 행보 끝에 드디어 새벽 1시 쯤 그리던 호텔에 도착해 여장을 풀 수 있었다.

호텔 앞에는 수마일 이어진 고운 흰모래 해변이 시선이 끝나는 곳까지 쭉 펼쳐져 있었다. 그것은 마치 고운 설탕가루나 분말가루를 연상케 했다. 이제까지의 어려움이 한 순간에 만회되는 순간이었다. 우리는 고생 끝에 오는 행복감을 만끽하면서 필리핀 해에서 불어오는 시원한 바람에 그만 넋을 내어주고 말았다.

보라카이 여행은 때로 예기치 못할 태풍으로 인해 위험하기도 하고, 비와 바닷물에 옷이 젖는 경우도 다반사이다. 그러나 보라카이에 일단 도착하고 나면 인공미가 더해지지 않은 자연 그대로의 분위기를 마음껏 누릴 수 있어서 좋다. 부드럽게 흔들리는 아침의 작은 진동 속에서 깨어나 파도의 속삭임을 들으며 해변을 산책해 보자. 모래와 하늘이 맞닿아 이루어내는 눈부신 광채를 온몸에 받으면, 한 순간에 매혹 당하게 된다. 극도의 고요함 속에 평온하게 느껴지는 해변의 정취에 시나브로 보라카이에 대한 애정은 점점 깊어만 갈 것이다. 📷

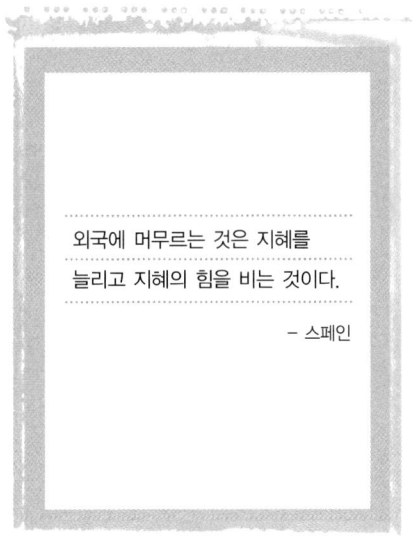

외국에 머무르는 것은 지혜를
늘리고 지혜의 힘을 비는 것이다.

– 스페인

아름다움과 건강을 추구하는 스파는 발리 여행에서 **빼놓을** 수 없는 체험 코스이다. 미용과 건강에 좋은 스파는, 흐트러진 신체 리듬을 회복하고 마음과 몸이 조화를 이루게 하며 진정한 휴식을 추구하는데 도움을 준다.

발리 섬

망망茫茫 인도양
수평선
검푸른 바다
가슴이 시리다

마시고 싶은
투명한 파도
하얀 포말 쏟아져
보석이 되고

꿈결 같은
파란 바다
새소리에 잠깨
푸른 바람 호흡한다

태초의
순수를 꿈꾸는
발리 섬
오라 유혹하네

발리 섬

태초의 순수함을 꿈꾸는 망망대해茫茫大海 검푸른 바다가 눈앞에 시리게 펼쳐져 있다. 수평선 끝 푸른 바다는 아름다운 발리 비치에서 바라보면 햇살에 빛나는 에메랄드빛으로 바뀐다. 마시고 싶을 만큼 투명한 바다의 파도는 해변에서 하얀 포말을 쏟아내며 보석 알갱이처럼 부서진다.

1월 1일 새해 벽두부터 자카르타를 경유해 9시간 만에 달려간 발리 섬, 꿈결 같은 발리 비치에서 휴식과 더불어 잊을 수 없는 이국적인 체험을 하였다.

남태평양과 인도양에 걸쳐 가로 놓여 있는 인도네시아의 발리 섬은 다양한 볼거리에 일정이 매우 바쁜 편이지만, 여흥을 즐기기에도 안성맞춤이다. '세계의 아침'이라고 불리는 한 없이 아름다운 대자연과 더불어 섬 주민들은 독자적인 전통·생활을 지켜가며 살고 있다.

발길 닿는 곳마다 사원들이 즐비한 발리 섬에 내가 도착했을 때에는, 새해라 그랬는지 마을 주민 대다수가 축제 준비에 여념이 없었다. 집 앞의 사당이나 길 위에는 신들에게 바치는 제물이 놓여지고, 마을 집회소(반자르)에 모이는 사람들은 신들을 위해 정성스럽게 춤을 춘다. 발리 사람들은 이렇게 일상 속에서 신들과 더불어 복된 하루하루를 살아가고 있었다.

해안선을 지키는 울창한 수림과 평화로운 전원풍경, 해안을 따라 늘어선 현대식 호텔과 지상 최고의 서비스가 함께 어우러진, 발리의 로맨틱한 분위기를 어디서나 쉽게 만날 수 있는 이곳 발리 섬. 섬 전체에 커다란 야자수들을 비롯한 이름 모를 열대 수목들이 하늘을 찌를 듯 무리지어 솟아있어 태고의 신비로운 세계로 돌아간 듯 하다. 자연의 순수함을 감지할 수 있는 이곳, 푸른 빛 야자수 아래 어우러진 녹색의 잔디밭이 눈이 부실 듯 정갈하게 다듬어져 있어 신비함을 더한다.

발리로 여행을 갈 때는 정원이 아름다운 호텔을 선택하는 것이 좋다. 부드러운 곡선으로 설계된 호텔의 수영장에 비치되어있는 하얀 파라솔에 앉아 있노라면, 영화 속 주인공이라도 된 듯한 착각에 빠지게 되어 기분이 고조된다. 주변에 피어 있는 하얗고 붉은 색채들의 이름 모를 꽃들은 청명한 수영장과 선명한 대조를 이룬다. 파란하늘과 녹색의 잔디가 상큼하게 어울리니 이곳이 바로 늘 꿈꾸어오던 '지상의 낙원'이 아니던가?

호텔과 연결된 정원 안에 있는 빌라는, 메인 건물과는 떨어져 있어 좀 더 조용하고 여유롭게 시간을 보낼 수 있어서 좋다. 멋스러운 정원에는 휴식을 취할 수 있는 정자亭子와 발리의 전통 지붕을 덮은 빌라가 깔끔하게 단장하고 고객을 기다리고 있다. 꼭 시인이 아니더라도 이곳에 오래 머물면서 감상에 젖다보면 좋은 시를 지을 수 있을 것 같다.

빌라 앞으로 가보니 도랑처럼 만든 인공연못에는 색색의 잉어들이 헤엄치고, 풀 잠자리가 푸른 햇살을 즐기려는 듯 쉬고 있다. 나도 덕분에 한가로움을 만끽하며 여행의 참 맛을 곱씹어 볼 수 있어 좋았다.

아침에 눈을 뜨면 파라다이스에 있다는 사실에 마냥 행복하다. 코끝을 스치는 자스민의 그윽한 향기와 기분 좋은 새 소리에 잠을 깬 후, 하얀 린넨의 부드러운 감촉에 온몸을 맡기는 이 맛. 하루의 시작이 미세한 감동으로 다가온다.

커튼을 열면 수영장으로 떨어지는 분수가 부드러운 햇살에 반사되어 눈을 파고든다. 풍요로움을 더해주는 행복한 시간, 수영장 주변으로 피어난 꽃들을 바라보며 하얀 파라솔 아래에서 선탠을 즐기다 보면 파라다이스가 따로 없다는 생각이 든다. 부드러운 열대 낙원의 바람을 느끼며 사색하는 여유로움에 이번 발리 여행이 새삼 소중하게 느껴진다.

바다로 나가고 싶어 몇 발자국 옮기니 바로 코앞이 해변이다. 누사두아 비치의 백사장은 발리가 자랑하는 은빛 백사장으로, 푸른 파도가 밀려와 하얗게 부서지는 풍경은 가히 환상의 극치라 표현하고 싶다. 아마도 여행전문가인 내가 이제까지 다녀본 해변 중에서 가장 아름다운 해변으로 기억하게 될 것 같다.

아름다움과 건강을 추구하는 스파는 발리 여행에서 빼놓을 수 없는 체험 코스이다. 미용과 건강에 좋은 스파는, 흐트러진 신체 리듬을 회복하고 마음과 몸이 조화를 이루게 하며 진정한 휴식을 추구하는데 도움을 준다.

스파는 두피 마사지로부터 발 마사지에 이르기까지 다양한 프로그

램이 있는데, 스파를 직접 체험해 보니 온 몸이 새롭게 태어나는 기분이다. 해변에 설치된 정자에서 파도소리를 들으며 마사지를 받을 수도 있는데, 해변 마사지는 흥정에 따라 고무줄처럼 가격변동이 심하다.

밤이 되면 발리에는 즐길 거리가 많아진다. 화려한 나이트클럽이 기다리고 있기 때문이다. 발리의 밤 문화 중 최고라는 쿠타 지역의 비치(beach)는 밤이 되자 각종 바에서 음악이 거리로 흘러나온다. 카페와 바가 집중적으로 몰려있는 구타의 잘란 카르디카 거리는 교통체증으로 몸살을 앓을 정도로 붐비고 있다.

발리의 또 다른 관광 명소로 우붓 마을을 꼽을 수 있다. 우붓은 발리의 예술과 예능의 모든 것이 모여 있는 마을로 전통무용도 공연된다.

조각 마을로 유명한 마스(Mas)는 조각 때문에 세계적으로 유명해진 마을이다. 이곳은 조각의 본거지로 목각 기념품 가게로 즐비하다.

출룩(Celuk)은 금·은 세공 마을로 유명한 곳이다. 숙련된 기술자들이 만들어 낸 세공품은 팔찌, 귀걸이, 반지, 목걸이 등이며, 모두 아름답고 뛰어난 감각을 지닌 것들이다. 나는 세공품을 구입할 생각이 없었으므로 눈으로만 구경을 했는데, 섬세한 그들의 세공 솜씨에는 감탄을 하지 않을 수 없었다. 한편 뛰어난 기술이 부러웠다.

석조 마을로 유명한 바투불란(Batubulan)은 마을 도로 양편에 신들과 만물상을 팔고 있는 기념품 가게들로 즐비해 한눈에 이곳이 조각물로 유명한 마을임을 알 수 있다.

또한 관광객들을 위한 바롱댄스가 공연되고 있어 발리의 전통무용을 감상하였다. 마당극인 바롱댄스는 5막으로 구성되는데 화려한 전통 의상, 악기, 음악, 무용, 종교 의식이 함께 어우러진 '종합예술'이라고 볼 수 있다. 우리의 마당극처럼 음악, 무용과 함께 배우들의 대사를 통해 극이 전개된다.

바롱 댄스에는 초자연적인 힘을 갖고 있는 성스러운 짐승 바롱이 등장한다. 힌두교에서 선善을 상징하는 바롱은 다양한 얼굴을 가진 존재로, 210일마다 마을에 내려와 사람들을 괴롭히는 악령惡靈과 대항하여 싸운다. 원래 바롱댄스는 병을 치유하는 의식이었지만, 지금은 관광객을 위한 공연물이 되었다.

바롱댄스를 보니 발리 인들의 우주와 세상을 대하는 세계관이 잘 드러난다. 착한 신 바롱과 마녀 랑다의 싸움은 바롱의 승리로 끝나지 않는, 그 보다는 영원히 끝나지 않는 선악의 싸움이라는 심오한 과제이다. 선善이나 악惡은 우열이 있는 것이 아니므로, 악이 없어져야 할 대상이 아니라 선과 함께 존재하면서 조화를 이루는 존재로 그들에게 인식되어 있다. 바롱댄스를 통해 발리 인들의 세상을 보는 시각을 엿볼 수 있으므로, 발리를 방문하게 되면 바롱댄스를 꼭 보라고 권하고 싶다.

24시간 잠들지 않는 발리. 노래잘하고, 솜씨 좋고, 그림 잘 그리고, 춤 잘 추는 발리 사람들. 현대의 화려함과 전통이 공존 하는 곳, 울창한 야자수의 푸르름 속에 존재하는 회색도시와 푸른색의 선명한 대비가 이국적 정서를 강하게 느끼게 하는 곳. 미소 가득한 천국, 빛이 머무는 아름다운 발리 섬에 잠깐 머물렀다는 사실만으로도 행운이었다는 생각이 들었다. 📷

제3부

톡톡
기억창고에서

❶ 골드코스트
❷ 아름다운 호주
❸ 길고 흰 구름의 땅
❹ 태평양의 낙원 뉴질랜드
❺ 노숙
❻ 외국에서의 노숙체험
❼ 드니프로 강에서
❽ 아주 특별한 저녁만찬
❾ 시원始原과 마주 서서
❿ 까만 밤을 하얗게
⓫ 태양의 문
⓬ 스페인 여행
⓭ 이집트
⓮ 잊을 수 없는 이집트 여행
⓯ 나이아가라
⓰ 나이아가라 폭포의 위용

하버브리지에서는 새해부터 며칠동안 레이저 쇼를 한다. 빨간색과 파란색의 조명이
보여주는 혼합된 색의 예술은, 빛이 물에 비추이는 순간에 오페라 하우스와 하나가
되어 환상적인 분위기를 만들어 준다.

골드코스트

명랑한 햇살이

황금빛 모래위에 누운 오후

서퍼스의 해변에서

'서핑을 즐기는 곳' 이름 값 그대로

바다를 누비는 여유를 만끽 한다

빛 된 인생을 설계하는 자者

모래조각에 세월을 저장하고

꿈을 사랑하는 사람

3달러짜리 망망한 달을 관찰하는 곳

아름다운 나무와 푸른 바다가

쌓인 생각을 지우면

이윽고 덜컹 멈춰버리는 시간

야시장에 길게 늘어선 선량한 예술이

눈 맞춤 하며 발목 잡으니

평화를 꿈꾸는 여행자

발 빠른 행보를 잠시 묻어두고

짧은 인연

면면面面을 살펴보다

아름다운 호주

호주 시드니의 아름다움은 진정한 도시의 아름다움이다. 세계 3대 미항의 하나인 시드니는, 날씨가 좋은 날은 눈이 부실 정도로 아름답고 깨끗하다. 전국 인구 1/4 이 몰려있는 최대 도시로, 4백여만 명의 인구를 포용하면서 이렇게 아름다운 만(灣)을 안고 있는 도시가 이밖에 또 어디 있을까?

1959년 착공 이래 공사가 늦어져 "미완성 교향곡" 등의 오명(汚名)으로 비웃음을 사다가 1973년에 드디어 완공을 했다는, 호주 최고의 관광명소 오페라하우스를 둘러보았다. 거대한 조개껍질 모양의 시드니 심벌 오페라하우스는 밀려오는 파도 소리와 함께 우아하고 눈부시게 빛나고 있었다. 모던함 속에서도 화려한 모습을 보여주는 오페라하우스를 만나는 순간, 나도 모르게 마음속이 편안해지고 삶의 여유가 생기는 듯했다.

선상에서 뷔페를 먹으면서 녹색 해안을 따라 천천히 항해하며 즐기는 크루즈 여행을 했다. 오페라하우스를 비롯하여, 해안에 점점이 하얕게 떠있는 아름다운 요트와 정돈된 빌딩들, 그리고 아취형의 하버브리지가 눈에 들어와 조화로운 천연항구의 아름다움을 충분히 느낄 수 있었다. 시드니의 진면목을 살펴보기에는 크루즈 여행이 제격이라는 생각이 든다.

대형 요트를 타고, 시드니 항을 가로질러 하버브리지와 오페라하우스 등의 야경을 감상하면서 맛있는 생선요리와 스테이크를 먹을 수 있는 선 셋 디너 크루즈가 준비되어 있다. 여행자 자신의 취향에 맞게 주·야간을 선택하여 크루즈 여행을 즐기면 된다. 선상에서 만난 사람들은 모두 행복에 가득 찬 미소를 짓고 있었다. 이곳 사람들에게 있어 바다 위를 평화롭게 누비는 일은 인생의 큰 즐거움인 듯 했다.

시드니만을 연결하는 하버브리지는 싱글 아치의 다리로서는 세계에서 두 번째로 긴 다리이다. 시드니만을 걸쳐 있는 다리의 모습이 마치 한 폭의 그림 같았다. 하버브리지에서는 새해부터 며칠동안 레이저 쇼를 한다. 빨간색과 파란색의 조명이 보여주는 혼합된 색의 예술은, 빛이 물에 비추이는 순간에 오페라 하우스와 하나가 되어 환상적인 분위기를 만들어 준다.

시드니와 연계되어있는 서퍼스는 휴양지로 소문난 곳으로서 아름답고 깨끗한 모래사장을 가지고 있다. 무려 30km에 걸쳐서 계속되는 황금 모래사장 골드코스트는 호주에서는 물론 세계에서 손꼽히는 멋진 휴양지이다. 개방적인 명랑함과 태양에 가까운 그런 밝음이 시드니와는 우선 다른 맛을 느끼게 해 주어서 좋았다. 수영은 물론이고 서핑을 좋아하는 사람도 자기 마음대로 즐길 수 있는 곳이 바로 이곳이 아닌가 싶다.

이곳은 세계 각처에서 모여든 관광객들이 있는 관광의 도시이다. 황금 모래사장에서 즐기는 한낮의 발리볼 게임에서부터 밤에 열리는 수공예 시장까지 그야말로 볼거리가 끊이지 않는 곳이다. 10월이면 인디 자동차 그랑프리 축제가 열린다. 드림월드, 아트센터, 래밍턴 국립공원, 무비월드, 씨 월드 등 주변에 돌아볼 곳도 많다. 시드니, 멜번 등의 도시와 연계하여 도시의 멋과 여유를 만끽할 수 있으므로 휴양과 눈요깃거리가 공존하고 있는 곳이라 할 수 있다.

매주 금요일과 토요일에 열리는 야시장은 골드코스트의 중심부인 서퍼스 파라다이스 해변을 따라 약 1km에 걸쳐 열린다. 이곳에서 파는 물건들은 주민들이 직접 만든 수 공예품이 대부분이다. 직접 기른 채소와 과일들도 있고 원주민들이 만든 악기, 목걸이나 팔찌 등의 액세서리, 상징적인 기념품, 비누, 아마추어 예술가의 그림 등을 파는데 솜씨가 뛰어나게 좋은 것은 아니지만, 서퍼스 파라다이스만의 독특한 특징이라 할 수 있다.

여유로운 해변 서퍼스 골드코스트에 이렇게 흥겨운 밤이 있다는 것은 나와 같은 여행자에게는 참으로 즐거운 일이다. 진풍경으로는 달랑 망원경 하나 가져다 놓고 달구경을 하는데 3~5 달러, 모래밭에 동물모양의 모래조각을 만들어 놓고 그 옆에서 사진을 찍게 해주고 5달러씩이나 받는 사람도 있다. 북적이는 사람들 틈에 이리저리 휩쓸려 다니면서도 군소리 하나 없이 줄을 서서 달을 구경하고 돈을 지불하는 이 곳 사람들의 모습을 지켜보며 여행자인 나는 놀라지 않을 수 없었다.

이렇게 아름다운 나무와 푸른 바다가 어우러진 서퍼스 골드코스트를 바라보고 있노라면 그간 쌓이고 쌓인 피로가 한꺼번에 사라지는 것만 같다. 좀더 조용한 곳에서 유유자적하며 즐기고 싶은 나 자신도, 파도와 함께 저 멀리로 사라져 버릴 것 같은 착각에 빠져든다. "아! 발길을 재촉하는 여행은 이제 그만 두어야지."

호주에서는 7월이 겨울인데도 도시와 산야의 푸름을 동시에 감상할수 있어 좋다. 시간의 흐름조차 멈춰선 듯 끊임없이 펼쳐지는 푸른 초원의 나라. 바로 이곳이 사람 살기에 가장 좋은 곳이라는 생각이 들어새삼 부러웠다. 이곳의 기후는 우리나라와 정반대로 봄은 9~11월, 여름은 12~2월, 가을 3~5월, 겨울 6~8월로 구분되며, 사막과 건조지대가 많아 대부분의 인구가 남·동부에 치우쳐 살고 있다.

호주의 건국 기념일은 1월 26일로, 초대 총독인 '아서 필립' 이 건국자로 되어 있지만, 사람들은 그렇게 생각하고 있는 것 같지는 않다. 영국의 제임스 쿡(James Cook)이 진정한 건국 영웅은 아닐까? 영국에서 이전된 쿡의 상가가 멜버른의 피츠로이 정원에 있고, 도시 여기저기에 그의 이름이 붙은 레스토랑이 있는 것으로 짐작해 보면 호주인의 마음속영웅이 제임스 쿡 인 것은 틀림없는 것 같다.

이곳 호주는 미지의 대륙으로 존재해 오다 17세기 초부터 태즈만(Tasmam), 제임스 쿡 등의 여러 탐험가에 의해서 발견된 이후 유럽에서건너온 이민족에 의해 새롭게 발전되고 있는 나라이다. 오랫동안 영국의 지배 하에 있었기 때문에 그 문화 양상도 영국적인 취향이 짙은 편이다. 거리에는 르네상스식 고딕식 건물이 잘 조화되어 있어 옛날의 식민지 분위기가 감돌고 있으며, 거리를 활보하는 행인의 표정에서는 삶의 여유를 엿볼 수 있었다.

시드니 인구 4백만 명 중에 현지에 거주하는 우리나라 사람이 4만 명이 넘는다. 인구가 3만 명이 넘으면 동족끼리 자급자족이 가능한 경제권이 형성이 된다고 하니, 따라서 영어를 전혀 몰라도 생활이 가능하다는 말이기도 하다. 이곳 시드니에서라면 편하게 외국 생활을 즐길 수 있을 것 같았다.

그러나 여행 중에 우리 교포에게 전해들은 얘기는 지금까지도 강한 느낌으로 내 가슴에 남아있다. 그의 말에 의하면 대부분의 도시는 인구가 적은 편이라 사람 보기가 힘들고 쓸쓸하다고 했다. 시드니의 경우도 워낙 유동 인구가 많은 곳이라 밤이면 거리가 한산해 진다고 한다. 평일에는 대부분의 상가가 오후 5시에 폐점 하는 곳이 많다. 밤이 되면 고요만이 있을 뿐이라는…

나는 믿기지 않아 몇 번이나 주위를 둘러보면서, 활기에 찬 우리나라의 서울 밤거리를 생각해 보았다.

'아마도 눈에 보이는 도시의 겉모습과는 다르게 사람이 그립고 외로운 나라가 바로 이곳 호주가 아닐는지…' 📷

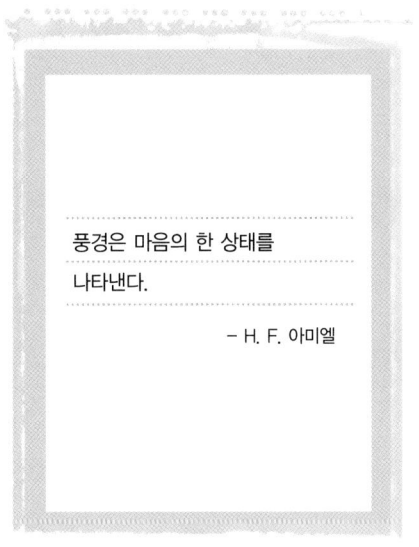

풍경은 마음의 한 상태를
나타낸다.

– H. F. 아미엘

항이는 마오리족의 요리법을 말하는데 여러 개의 화산 석 돌을 뜨겁게 달군 뒤, 땅에 구덩이를 파고 놓는다. 이 돌무더기 위에 고기와 생선, 채소 등을 얹고 큰 잎으로 씌운 다음 다시 흙을 덮어서 그 증기 열로 음식물을 익히는 방식이다.

길고 흰 구름의 땅

마오리 생활의 터전

'두 번째의 호수'에서

화산 돌 뜨겁게 달구어 익힌

항이(전통 식사)를 즐기며

전통의 환영의식이 담긴

포피리(민족 쇼)를 관람하다

신이 허락한 선물

눈요기를 마음껏 즐기는 곳

마오리의 역사, 사랑, 전쟁

아름다운 노래와 춤

문화를 체험하는 시간에

와카 하우루아(항해 카누)로

폴리네시아 섬에서 태평양 건너온

뉴질랜드의 역사를 들으며

양떼들이 무리지어 풀을 뜯는

길고 흰 구름의 땅

태평양 낙원에 들다

태평양의 낙원 뉴질랜드

호주 여행을 마치고 뉴질랜드(New Zealand)로 가는 항공기에 탑승했다. 뉴질랜드의 관문인 오클랜드(Auckland)까지는 이륙 후 4시간이 소요되었다. 계절상으로는 겨울인데도 시가지는 아름다운 해변을 따라 푸른 숲을 이루면서 길게 늘어서 있었다.

오클랜드는 뉴질랜드의 최대 도시임에도 불구하고 거리에는 인적이 드물었고 비교적 한적해 보였다. 항구에는 질서 정연하게 요트들이 정박해 있었고, 에메랄드 빛 바다에는 하얀 돛대를 단 요트들이 여유롭게 항해를 하고 있어, 한 눈에 보기에도 이곳이 태평양의 낙원임을 느끼게 해 주었다.

오클랜드는 1865년 수도가 웰링턴으로 옮겨가기 전까지 25년 간 영국의 식민지 시대 수도로서 번영해 왔다. 도시 곳곳의 작은 화산 분화구에는 마오리족 전통 요새의 자취가 지금까지 남아 있고, 또한 식민지 시대의 모습을 엿볼 수가 있었다.

지금의 오클랜드는 폴리네시아 문화권의 중심지 역할을 하고 있다.

도회지라고 하기에는 너무나 한적하고 여유가 있어 보이는데, 우리나라의 도시 이미지와는 차이가 있어 생소하기만 했다.

오클랜드 시내 관광을 마치고, 관광버스로 로토루아(Rotorua)로 향했다. 로토루아로 가는 길은 지루하지 않고 즐거웠다. 창밖에는 아름다운 시골 풍경이 펼쳐졌는데, 산은 온통 푸른 잔디로 덮여 있고, 그 위에는 수를 헤아릴 수 없을 정도의 많은 양떼들이 무리를 지어 한가롭게 풀을 뜯고 있었다. 한 폭의 그림을 감상하듯 눈요기를 하는 일은 신이 허락한 커다란 선물이었다.

로토루아는 오클랜드 동남쪽 221km 지점에 위치해 있는데, 버스로 약 4시간 정도 소요되는 거리에 있다. 뉴질랜드 관광을 대표하는 로토루아는 마오리 어로 '두 번째의 호수'라는 뜻을 가지고 있는데, 마오리족의 초기 생활 터전으로 전통문화가 가장 잘 보존되어 있다. 도시 곳곳에는 온천과 간헐천에서 수증기가 하얗게 뿜어져 나오고 있었다.

로토루아에서의 저녁 식사는 호텔에서 했다. 마오리족들이 펼치는 민속 쇼를 관람하면서 전통 식사 항이를 즐겼다. 항이는 마오리족의 요리법을 말하는데 여러 개의 화산 석 돌을 뜨겁게 달군 뒤, 땅에 구덩이를 파고 놓는다. 이 돌무더기 위에 고기와 생선, 채소 등을 얹고 큰 잎으로 씌운 다음 다시 흙을 덮어서 그 증기 열로 음식물을 익히는 방식이다.

민속 쇼의 하나인 포피리는 마오리족의 전통 환영의식으로, 여러 단계로 나뉘어 진행된다. 공연은 마오리족의 역사, 사랑, 전쟁 등을 아름다운 노래와 춤에 실어 표현하는 내용이었다. 처음에는 부족을 방문한 방문객이 싸우러 왔는지, 화해하러 왔는지, 파악하기 위해 전투용 막대기로 위협적 동작을 선보인다. 공연 중간 중간에 건장한 남자들이 혀를 내미는 행위가 계속되는데, 이는 마오리족이 적을 위협할 때 사용하는 표정이라고 했다. 이들의 혀는 우리가 상상하는 것보다 상당히 길게 발달되어 있다.

위협적인 동작이 끝나게 되면 타키(일반적으로 잔가지나 작은 목각품)를 땅에 놓는데, 방문객 대표가 타키를 집어 들면 싸울 의사가 없는 것으로 간주한다. 전투 동작을 마무리 하는 뜻에서 부족의 전사가 자신의 허벅지를 살짝 치고 나면, 카랑아(흡사 절규를 하듯 소리치는 환영의 외침)를 시작한다. 연설이 끝나면 마누히리(방문객)와 탕카타훼누아(현지부족)가 서로 홍이(서로 코를 맞대는 인사)를 한 뒤 마지막 절차로 꼭 항이 식사를 함께 하는 것이다. 우리 일행은 시간 가는 줄도 모르고 밤늦게까지 공연을 관람하였다.

다음날 아침, 로토루아의 대표적인 지열 지대로 유명한 와카레와레와로 갔다. 이곳은 마오리족 원주민들의 역사를 보고 느낄 수 있는 전통 가옥 등을 비롯하여 생활사를 잘 보존하고 있는 민속촌으로 여행자들이 와이아타(노래), 하카(전투에 앞서 실시하는 액션댄스), 화카이로(조각), 라랑아(직물) 같은 마오리 전통 예술과 공예에 대해 배울 수 있는 곳이다. 먼저, 마오리족 민속공예학교를 방문해 독특한 목공예 제작 과정을 견학하였는데, 그들은 옛날 전통방식을 이용해 의상이나 목공예를 만들고 있었다.

마오리 마을을 관광한 후 밖으로 나갔더니 눈앞에 수증기가 뭉게뭉게 피어나는 지열 지대가 펼쳐졌다. 때 마침 비가 내리고 있어서, 마치 지옥으로 가는 길 같았다. 길 왼쪽에는 프로그 풀이라는 연못이 있었는데, '뜨거운 물이 부글부글 끓고 있는 소리가 마치 개구리 울음소리 같다' 고 해서 이런 이름이 붙여졌다고 한다.

좁은 길을 따라 좀 더 걸어가면 수증기가 피어나는 퍼렝가 스트림이 나오고, 강을 건너면 와카레와레와의 상징인 간헐천 지대가 펼쳐진다. 주변에 몇 군데의 간헐천이 있지만, 가장 볼만한 것은 누가 뭐라 해도 뜨거운 물이 30m나 솟아오르는 포후투 간헐천이라고 말하고 싶다. 뿜어 나오는 시간은 일정하지 않아 하루에 8회 정도라고 하는데, 운 좋게도 이 광경을 볼 수 있었다. 뜨거운 물을 뿜어 낼 때의 모습은 마치 성난 파도의 포말 같았다.

와카레와레와를 관광하고 농고타하 산으로 갔다. 이곳에서는 곤돌라를 타고 정상까지 올라간다. 발밑으로는 로맨틱한 시가지와 아름다운 호수가 그림처럼 펼쳐져 있다. 우리 일행은 정상에 자리한 레스토랑에서 로토루아 시가지를 내려다보면서 맛 좋은 풀코스 요리를 즐겼다.

아그로돔은 로토루아 시내에서 북쪽으로 약 10km 정도 떨어진 농고타하 지역에 위치해 있다. 아그로돔은 뉴질랜드에서 사육되고 있는 모든 양￦에 대한 설명을 쇼와 함께 보고 들을 수 있는 곳이다. 19종류의 양을 우리 속에서 1마리씩 무대로 등장시키면서 양의 특징과 이름, 원산지를 각 국어로 소개한다. 특히 양털을 깎는 실연 쇼와 함께 양 몰이 개도 소개되었다.

레인보우 페어리스프링스는 세계에서도 진기한 종류의 송어와 양치

식물이 무성하게 숲을 이루고 있는 곳이다. 이 동식물 원 내에는 크고 작은 아름다운 샘이 5군데에서 솟아나고 있어 연못과 냇가를 이루고 있다. 숲 속의 수정같이 맑고 차가운 물속에서 양식된 무지개 송어가 헤엄치는 것을 보며 유유히 산책을 즐길 수 있었다. 조류 전시 구역에서는 뉴질랜드의 상징인 키위새(Kiwi)를 직접 관찰할 수 있다.

자연과 인간이 어우러져 보여줄 수 있는 다양한 아름다움을 골고루 갖춘 뉴질랜드는 남위 34~47도 사이에 위치해 있다. 지형적으로는 환태평양 조산대의 일부분에 속해 있어 화산, 지진, 간헐천이 있는 곳이 많다.

천혜의 자원을 이용하여 관광객들을 즐겁게 해 주는 곳 뉴질랜드의 역사는 지금으로부터 약 1,200년 전으로 거슬러 올라간다. 전해지는 말에 의하면 폴리네시아 섬에서 나무속을 파내어 만든 와카 하우루아(항해 카누)를 타고 모험을 찾아 태평양을 건너 온 마오리 인들이 처음 이 섬을 발견하였다는데, 이 새로운 땅을 아오테아로아(마오리말로 '길고 흰 구름의 땅' 이라는 의미)라 이름 지었다. 섬을 발견한 사람들이 현재의 뉴질랜드 원주민인 마오리족의 조상이 된 것이다.

마오리 문화가 영원히 사라질 뻔한 위기를 극복하고 다행히도 명맥을 유지하며 번창하고 있다는 것은 여행자의 입장에서 볼 때 참으로 다행한 일이라고 생각한다. 영국의 식민지화에 저항하는 독특한 마오리(원주민말로는 '티캉아마오리') 문화를 마음껏 체험 할 수 있는 이곳, 천혜의 자연경관이 그대로 보존된 태평양의 낙원 뉴질랜드는 아름답고 평화롭게 내 기억 속에 자리하고 있다. 📷

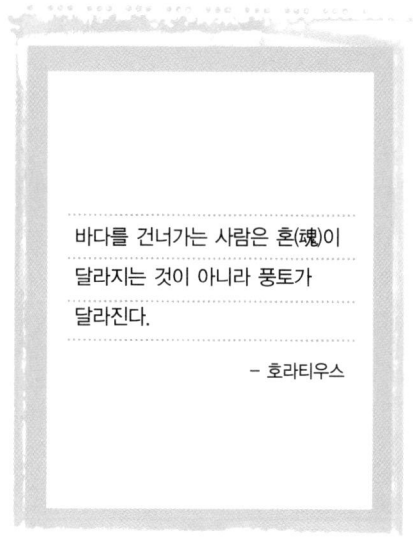

바다를 건너가는 사람은 혼(魂)이
달라지는 것이 아니라 풍토가
달라진다.

－ 호라티우스

숙소가 부족해 다시 공항으로 되돌아 온 나머지 8명은 외국에서 노숙체험을 해야만 했다. 공항 대합실에 도착한 우리는 눈앞이 캄캄했다. 공항에서는 잠을 잘 수 없는 상황이었고, 공항직원들은 매우 불친절했다.

노숙

소리 없이 쌓이는 눈은
집으로 가는 길을 차단했다
세상의 흔적을 지우려는
무서운 눈보라의 횡포 앞에
그저 떨고만 있는 부동의 나무들
정착된 이념을 벗지 못하는
철저한 피동被動이다
스스로 벗어야 할 운명과
생각하고 극복해야 할 시간
고뇌를 위한 즉석만찬이 열렸다
러시아 블라디보스톡 공항
찬 대리석 바닥에 앉아
식은 기내용 도시락을 마주하는
눈빛이 내내 불안하기만한데
시원한 맥주를 겁 없이 따라들고
고국의 언어로 외치는
"위하여!"는 누구를 위함인가
머릿속처럼 하얀 세상에서
아무런 대책 없는 나
좁은 벤치에 몸을 붙이는
작은 개미가 되었다

외국에서의 노숙체험

러시아 나호트카시 방문 4박 5일 간의 일정은, 일반적인 여행의 기대와는 달리 생각처럼 여유 있고 낭만적이지 않았다. P시장을 비롯한 우리 일행은 날마다 긴장되는 업무 속에서 P시와 나호트카시, 태평양 국립경제대학교 간의 무역, 경제, 관광, 문화 등등의 의향서 체결을 하였다. 이번 여행에는 시·도의원, 교수, 경제인, 주민대표, 언론인, 태권도 감독 등 자신의 분야에서 전문성을 가진 사람들이 동행하여 수고를 아끼지 않았다. P시를 발전시킬 소정의 성과를 올리고 나니 이제까지의 힘들었던 순간순간들이 오히려 추억할 만한 소중한 시간으로 다가온다.

나는 그동안의 힘들었던 공식일정을 무사히 마치고 집으로 돌아간다는 생각에 밤새 설레다가 아침 일찍 일어났다. 커튼을 열고 밖을 보니 함박눈이 소리 없이 내리고 있었다. 눈은 새벽부터 내리기 시작했는지 10cm 정도나 소복하게 쌓여, 온 세상이 이미 하얀 눈으로 덮여있었다.

"무사히 귀국할 수 있을까?"를 생각하니 하얀 풍경에 대한 기쁨도 잠시, 점점 불안감이 감돌기 시작했다.

나는 일행들에게 "눈이 내리고 있으니, 빨리 서둘러서 출발해야 합니다."하고 재촉했다.

우리는 러시아식으로 간단히 아침 식사를 하고 서둘러서 공항으로 향했다. 블라디보스톡으로 가는 도로변에는 눈이 점점 쌓이고 있고, 반대편에서 오는 차량 서너 대가 눈에 미끄러져 차체가 찌그러져 있었다. '이러다가 제시간에 공항에 도착하지 못하면 어쩌나?' 모두 말은 없었지만 근심스러운 표정이었다.

4시간의 멀고도 긴 여정 끝에 우리는 조금 여유 있게 블라디보스톡 공항에 도착했다. 참으로 다행한 일이다. 공항에서 수하물 탁송과 함께 출국수속을 마치고, 2층 대합실에서 인천행 보딩(boarding)을 기다렸다.

보딩은 순조롭게 진행되어 오후 3시에 XF737편 인천행 항공기에 탑승했다. 창밖엔 계속해서 많은 눈이 내리고 있었고, 시간이 흐를수록 눈보라가 세차게 몰아치고 있었다. 항공기는 얼어붙었는지 미동도 하지 않았다. 2시간 쯤 후에 기상악화로 이륙할 수 없다는 기내방송이 나오자 모든 승객들은 항공기에서 내린 다음 다시 입국심사를 받고, 수하물을 되찾았다.

우리 모두는 긴장했다. 국제전화를 걸 수도 없는 상황이라 어찌할 바를 몰랐다. 그러나 "하늘이 무너져도 솟아날 구멍이 있다."고 하지 않던가? 다행히도 러시아의 블라디보스톡에서 근무하는 한국인들의 도움으로 휴대폰을 빌려 간신히 집으로 연락을 할 수 있었다.

저녁은 기내에서 먹는 도시락으로 대신했다. 나는 14개의 도시락을 받아 일행들에게 나누어 주었다. 난민처럼 계단에 옹기종기 모여 앉아 도시락을 맛있게(?) 먹었다.

우리는 국제선 청사에서 시설이 비교적 깨끗한 국내선 청사로 걸어서 이동했다. 밖은 눈보라가 매섭게 휘몰아치고 있었다. 모든 교통수단은 통제되었고, 세상은 온통 눈 뿐이었다.

눈 속에 끌고 온 수하물은 국내선 청사 지하 1층에 보관시켰다. 모든 승객들은 항공사 측에서 내준 버스를 타고 시내의 숙소로 향했다. 담당 직원은 "탑승객이 많아 숙소를 세 곳으로 분산시켜 투숙시킨다."고 했다. 호텔 앞에 다다르면 차내에서 한 사람씩 이름을 불렀다. 제일 먼저 자국민인 러시아 사람들이 호명되었다. 다음 호텔 앞에서 우리 일행 중 6명의 이름을 불렀다. 운 좋게 내 이름도 호명되었다.

그런데 K계장이 "최 교수님은 우리와 함께 갑시다. 아마 좀 더 좋은 호텔로 갈 것 같습니다."라고 버스에서 하차하려고 하는 나를 못 내리도록 소매를 꼭 잡았다. 나는 하는 수 없이 의자에 그대로 앉아 있었다. 버스는 계속해서 시내를 빙빙 돌더니 다시 공항 쪽으로 가는 것이 아닌가.

우리는 일제히 "지금, 어디로 가는 겁니까?"하고 직원에게 따지듯 물었다.

직원은 불친절하게 "공항으로 되돌아갑니다."하고 퉁명스럽게 말했다.

버스 기사는 우리를 헌 짐짝 버리듯 국내선 청사 앞에 버리고 갔다.

숙소가 부족해 다시 공항으로 되돌아 온 나머지 8명은 외국에서 노숙체험을 해야만 했다. 공항 대합실에 도착한 우리는 눈앞이 캄캄했다. 공항에서는 잠을 잘 수 없는 상황이었고, 공항직원들은 매우 불친절했다.

나는 조금 전 호명할 때 내리지 못한 것을 크게 후회하면서, K계장을 원망했다.

"이름 부를 때 얼른 내릴 걸…"

하지만 버스는 이미 떠났다. 나는 일행들에게 "이제 따뜻한 방에서 자는 것은 포기합시다. 빨리 포기하는 것이 현명합니다."라고 말한 뒤, 먼저 마실 물부터 찾아보았다. 공항 대합실에는 생수대가 설치되어 있지 않았다. 나는 일행들을 불러 "밤을 새우려면 생수부터 확보해야 합니다."라고 강조하였다.

처음엔 너무도 당황했는지 아무도 우리 앞에 닥친 현실을 믿으려고 하지 않았다. 잠시 마음을 진정시킨 후, 우리는 눈보라를 헤치고 밖으로 나가 생수와 맥주 몇 병을 사가지고 왔다. 눈보라는 우리를 날려 보내려고 작정을 한 듯 세차게 불고 있었다.

공항의 차가운 대리석 바닥에 쪼그리고 앉은 우리는, 어렵게 구해 온 맥주를 종이컵에 따른 다음 "조국을 위하여!" "P시를 위하여!" 라고 외치면서 단숨에 들이켰다.

자정이 되자 우선 잠자리부터 찾았다. 다행히 대합실 1층에 간신히

누울 수 있는 의자가 있어 윗옷을 깔고, 귀중품을 가슴에 꼭 품은 채로 새우잠을 청했다. '난데없이 노숙을 하게 되다니… 지금쯤엔 따뜻한 집으로 돌아가 편안한 잠을 자고 있어야 하는 것이 아니던가?' 온풍기가 옆에 있어서 얼어 죽지 않은 것이 천만다행이었다. 아침에 일어나 서로 얼굴을 보니 말이 아니다. 잠을 설친 우리 일행들은 부스스한 모습을 하고도 서로를 위로해 주었다. 어젯밤 우리 모두는 외국에서 난생 처음으로 원치 않는 노숙체험(?)을 한 것이다.

아침 10시가 되자 안내방송이 나왔다. 10시 30분에 출국수속을 하라는 방송이었다. 우리는 곧 떠날 것으로 기대하고 수하물을 탁송한 다음 출국수속을 하였다. 그러나 많은 시간이 흘러도 보딩 한다는 방송은 나오지 않았다. 12시가 되자 점심이 나왔다. 메뉴는 똑 같은 도시락이었다. 점심은 좁은 대합실에서 먹었다. 오후에도 별다른 대책 없이 시간은 계속해서 흘러갔다. 밖에는 어둠이 내리고 있었고, 이른 아침부터 저녁때까지 공항에 갇혀 있었다. 오후 5시가 되자 기내 도시락이 또 나왔다. 이번에도 똑같은 메뉴였다. 너무 화가 났지만, 불평을 할 수도 없었다.

우리는 또다시 걱정을 했다. 국제전화를 걸 수도, 받을 수도 없는 상황은 여전했다. 모두들 출국을 포기하고 다음 대책을 논의했으나 속수무책이었다. 시간이 얼마나 흘렀을까, 대기시간 18시간 만인 오후 8시에 드디어 보딩 한다는 안내방송이 흘러나왔다. 눈물이 글썽거려질 정도의 감동과 기쁨을 안고 우리는 서둘러서 항공기에 탑승했다. 이윽고 항공기는 미끄러운 활주로위를 달달거리면서 간신히 이륙에 성공하였다.

우리는 반가운 마음으로 소리를 질렀다.

"우-라(만세)!"

조국과 보금자리에 대한 소중함을 깨닫게 된 나는, 눈을 감고 서울의 을지로 지하상가와 서울역 등에서 노숙하는 사람들을 생각해 보았다. 그들도 따뜻한 보금자리가 이처럼 그리웠을 것을…📷

※

노을이 지고 어둠이 짙게 내린 이국(異國)의 드니프로 강을 건너다가, 무슨 연유로 가
을 달밤에 강의 풍경을 묘사하며 욕심을 비우던 인평대군의 시조가 갑자기 떠올랐던
것인지… 물고기대신 달빛만 빈 배에 싣고 돌아오는 자연인의 넉넉한 서정을 노래한
이유는, 이 시대에 욕심 없이 살아야한다는 인평대군의 심오한 가르침이리라.

드니프로 강에서

눈을 가늘게 뜨고
詩를 지어내는
저녁노을 어깨를 밀치고
가만 노래하는 연꽃 섬
어둠이 내린 드니프로 강에서
수면위에 별을 건지며
흥에 겨워 춤을 추는 사람들
우크라이나의 훈훈한 인정에
굳은 관념을 녹이며
우리는 어느덧 하나가 되었다
떠나야 한다는 강박強迫을
집어삼킨 강
어둠을 낚는 태공에게
내일을 물으니
달빛 지레 참견이다
오늘을 만날 수 없는 암흑에
꿈 하나 심으라는

아주 특별한 저녁만찬

인천 국제공항에서 항공기로 우크라이나까지는 러시아의 모스크바를 경유해 10시간이 소요되었다. 기내에서 두 끼의 식사와 간식을 먹을 정도로 매우 긴 여정이었다. 이번 여행의 목적은 우크라이나 공화국의 오부이브 市와 우리나라 P市와의 우호협력 체결을 위한 것으로서, 시장 및 시의원, 교수, 기업인, 언론인, 공무원 등 13명이 동행하였다.

한국 시간으로 새벽 4시 20분에 우크라이나의 수도인 키예프공항에 도착했다. 공항 대합실에는 오부이브 시청의 부시장을 비롯해서 관계 공무원들이 마중을 나와 있었다. 우리는 서로 상견례를 한 다음, 다시 19인승 미니버스에 여행용 가방을 빼곡하게 싣고 오부이브 시로 향했다. 새벽의 어두움을 헤치고 1시간의 고행 끝에 호텔에 도착했다.

호텔은 대로변에 위치해 있는 2층 건물로 깔끔하고 아담해 보였다. 방 배정을 받고 시계를 보니 한국 시간으로 아침 6시를 가리켰다. 나는 열쇠를 수령하고 방으로 들어갔다. 침대는 마치 나무로 만든 공원의 벤치 같았는데 너무나 초라했다. 세면대의 크기는 냉면 대접만 했다. 고개를 숙여 세수를 하자니 이마가 거울에 닿았고, 고개를 들고 하자니 이번엔 물이 배 위로 흘러 내렸다. 어쩔 수 없이 고양이 세수를 하고 늦은 잠을 청했다.

'집 떠나면 고생' 이라는 말이 실감난다.

아침 식사는 9시 쯤 시내의 한 음식 점에서 했다. 식사 후에 우리 일행은 예정대로 유치원을 방문했고, 나와 K교수는 현지인을 동행하고 키예프 시에 있는 몰도바 공화국 대사관으로 갔다. 이웃 나라인 몰도바로 가기위해서는 우크라이나의 키예프 시에 소재하고 있는 몰도바 대사관에서 비자를 받아야 한다. 대사관을 가기위해 시내버스를 이용해 지하철역까지 간 다음, 다시 두 번의 지하철을 갈아타고 갔다.

지하철 내부에는 광고물이 덕지덕지 붙어 있었고, 많은 인파로 인산인해를 이루고 있었다. 지하철은 에어컨이 설치되어 있지 않아 창문을 열어 둔 채로 지하 2백m의 땅 속을 달리고 있어서 그런지 내부는 침침하고 흙 냄 새와 먼지로 가득했다. 나는 손으로 코와 입을 막았다.

몰도바 입국비자를 받는 데는 6시간이 소요되었다. 원래는 이틀 정도의 기간이 필요하지만, 우크라이나 공화국 한국대사관의 도움으로 단시간에 비자를 받게 되었다. 우리는 오전에 비자를 신청한 다음, 시내 레스토랑에서 간단하게 점심을 먹었다. 요리는 자유 배식이었으며, 잠시 더위를 식히기 위해 시원한 맥주도 한잔 씩 했다.

대사관에서 맥 놓고 6시간을 기다리는 것도 쉬운 일은 아니었다. 도보로 사원을 관람했지만, 더위에 지쳐 시내 관광도 지루하고 힘이 들었다. 거리에는 행인들도 뜸했다. 시내는 가로수가 잘 가꾸어져 있었고, 공원 또한 오래된 수목으로 빽빽하게 들어차 있었다. 우리는 공원의 그 늘진 벤치에 앉아 더위를 식히면서 서툰 영어 실력으로 현지인과 대화를 하면서 시간을 보냈다.

오후에 비자를 받고, 오부이브 시청에서 우리의 일행과 합류했다. 시장집무실에서 오부이브 시와 P시와의 우호협력을 체결한 다음, 기념사진 촬영과 간단한 다과를 들면서 담소를 나누었다. 오부이브 시의 시장은 체격이 크고 몸이 비대해 위협적으로 보였지만, 매우 친절했다. 그는 우리에게 작은 유화그림 한 점씩을 선물로 주었다.

저녁 만찬은 오부이브 시 시장이 주최했다. 일행은 드니프로 강 선착장에서 모터보트에 서너 명 씩 나누어 타고 강 한 가운데에 우뚝 솟은 섬으로 향했다. 강가에는 수련 꽃이 활짝 피어 있었고, 강렬한 햇살이 물 위를 비추고 있었다. 수초와 나무, 모래로 형성된 작은 섬에는 초라한 가건물이 한 채 있었는데, 시청의 간부 부인들이 음식을 준비하고 있었다.

저녁 만찬은 회식을 알리는 주인장의 나팔소리를 시작으로 진행되었다. 음식은 통감자, 야채샐러드, 치킨, 식빵 등 간단한 술안주를 겸한 요리로 차려져 있었다. 식사 중에는 맥주와 보드카로 서 너 번의 건배 제의가 있었고, 화기애애한 분위기 속에서 만찬을 즐겼다. 우리는 특별한 저녁 만찬에 매우 만족했다.

고요하던 섬은 웃음소리로 가득했고, 어느덧 가까워져 서로 친구처럼 친해졌다. 분위기가 무르익자, 약간의 가무도 즐겼다. 섬 주변에는 어둠이 내리고 있었고, 개구리 울음 소리와 함께 서쪽 하늘에는 저녁노을이 붉게 물들고 있었다. 우리는 식사 중간 중간에 석양을 배경으로 기념사진을 찍었다.

식사를 끝내고 다시 모터보트에 승선한 다음, 뱃놀이를 하면서 출발했던 선착장으로 돌아왔다. 강에는 어둠이 짙게 드리워져 있어서, 코앞을 분간하기도 어려웠다. 강가에는 밤낚시를 하는 사람도 보였다. 조용히 낚시를 즐기는 사람을 보고 있노라니, 태공의 한가로움이 마냥 부럽기만 했다. 고즈넉한 풍경을 감상하다보니 문득 시조 한수가 생각났다.

> 추강에 밤이 드니 물결이 차노매라
>
> (가을철 강물에 밤이 깊어가니 물결이 차구나.)
>
> 낚시 드리우니 고기 아니 무노매라
>
> (낚싯대를 드리웠는데도 물고기가 물지도 않는구나.)
>
> 무심한 달빛만 싣고 빈 배 저어 오노라
>
> (사심(邪心)없는 달빛만을 빈 배에 가득 싣고 돌아오노라.)
>
> -월산대군-

노을이 지고 어둠이 짙게 내린 이국異國의 드니프로 강을 건너다가, 무슨 연유로 가을 달밤에 강의 풍경을 묘사하며 욕심을 비우던 인평대군의 시조가 갑자기 떠올랐던 것인지… 물고기대신 달빛만 빈 배에 싣고 돌아오는 자연인의 넉넉한 서정을 노래한 이유는, 이 시대에 욕심

없이 살아야한다는 인평대군의 심오한 가르침이리라. 여행자인 나도 풍류 시인이 되어, 떠오르는 시상詩想을 가만히 읊조려 보게 되었다.

잔잔한 수면 위로 떠오르는 달 빛과 수많은 별들… 보기만 해도 기운 생동氣韻生動함이 넘쳐난다. 한 장의 그림엽서 같은 풍경과 실제로 마주하는 순간의 벅찬 감동은 한 곳이라도 더 둘러봐야 한다는 조급한 생각을 몰고 오지만, 여행자 특유의 강박관념이 드니프로 강에서는 눈 녹듯 사라져 버린다.

오부이브 시 시장과 부시장은 분위가 좋았던지 미소를 지으면서 2차를 권유했지만, 우리는 다음날 일정을 위해 정중히 거절했다. 우크라이나 사람들은 매우 친절하고 마음이 따뜻했다. 어디를 가나 음식도 푸짐하게 대접해 주고, 신뢰와 의리를 소중하게 여긴다. 우리는 아쉬운 이별을 뒤로 한 채 호텔로 향했다. 📷

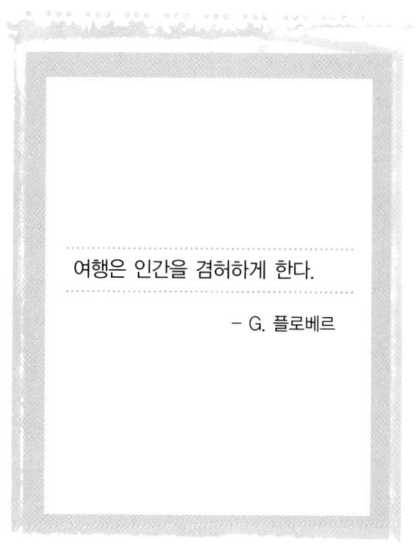

여행은 인간을 겸허하게 한다.

— G. 플로베르

우리는 밤 12시 10분쯤에 우크라이나 국경을 벗어나 몰도바로 향했다. 몰도바는 1991년 구소련에서 독립한 공화국이다. 우크라이나, 루마니아와 국경을 접하고 있으며, 면적은 우리나라의 1/3 정도의 크기에 불과한 작은 나라이다.

시원始原과 마주 서서

1,000km 대장정
굴곡진 도로를 달리니
바쁜 일정이 사방으로 튕겨나간다
비좁은 미니버스에
살찐 세월을 저마다 구겨 넣자
이리저리 공간을 찾아
박자 맞춰 제대로 흔들리는 몸
머리 둘 곳도 다리 쭉 뻗을 곳도
영 마땅치 않다
세상은 이미 불볕더위 속
쏟아지는 건 비지땀이다
국경을 넘는 일에 초조한 마음
내 살아오는 날 동안
넘나드는 일에 얼마나 신경을 썼던가
우크라이나로 몰도바로
운전자의 팔이 붓도록
까만 밤을 하얗게 달리던 시간
잠깐 휴식을 위해 멈춘 낯선 땅에서
숙연하게 하늘 올려다보니
수십만 년 전에 길 떠난 별빛이
이제야 도착하여 반긴다

까만 밤을 하얗게

우크라이나공화국 오부이프 시 외곽지역, 아름드리 수목이 빽빽하게 들어찬 별장 같은 곳에서 러시아식 아침식사를 한 후, 우리일행은 재래시장으로 갔다. 시장은 좁은 주택가의 골목에 자리 잡고 있었으며, 우리나라의 시골장터와 흡사했다. 좌판에는 채소와 과일을 비롯해서 의류, 생활용품 등이 진열되어 있었다.

먼저 시장을 한 바퀴 돌아본 뒤, '몰도바공화국' 장거리 버스여행 중에 먹을 술안주와 간식거리로 마늘종, 파, 살구, 체리, 포도 등을 샀다. 각자 먹 거리를 비닐봉지에 가득 담아 호텔로 돌아왔다. 과일은 욕실에서 깨끗하게 씻었고, 파와 마늘종은 2층 테라스에 앉아서 다듬었다. 모두들, 미지의 세계로 도전하는 데 쓰일 양식이라 생각하고 소중하게 다루었다.

우크라이나 오부이프 시에서 몰도바까지는 항공기 이용이 불편해, 그 먼 곳을 버스로 이동해야만 했다. 다양한 채널을 통해 코스와 소요 시간을 알아보았지만, 정확하게 아는 사람은 아무도 없었다. 또 어느

곳으로 가는 것이 지름길인지, 사고 없이 무사히 갈 수 있는 방법은 무엇인지 등등 필요한 정보를 얻기가 매우 어려웠다.

우리는 각자의 여행 가방을 챙긴 후 호텔을 나와 점심식사 장소로 갔다. 레스토랑에는 이미 테이블 세팅이 멋지게 되어있었고, 5명의 악사들이 잔잔한 음악을 연주하고 있었다. 오찬은 우크라이나 한국대사관의 H대사가 주최했다. 오후 1시쯤에 태극기를 단 검정색 벤츠승용차가 도착했다. 우리는 H대사와 일일이 악수를 하고 오찬에 초대해 준 것에 대해 감사를 표했다.

오찬에 앞서 우크라이나 오부이프 시의 K시장과 우리 측 P시장의 인사말이 있었고, 이어서 H대사의 환영사가 있었다. 우리는 술잔에 맥주를 가득 채운 다음, "위하여!"를 외치면서 건배를 하였다. 짧은 체류기간이었지만, 우크라이나에서 보낸 2박 3일 간의 공식일정을 회고하면서 화기애애한 분위기 속에서 여유 있게 식사를 즐겼다.

성대한 오찬을 끝내고 기념사진을 찍은 다음, 오후 3시에 대장정의 길을 떠났다. 버스는 도심지를 벗어나 비포장 수준의 고속도로를 120km의 속도로 질주하기 시작했다. 우크라이나에서 몰도바의 수도 키시네프 시까지는 1,000km의 거리로 매우 험난하고 먼 거리이다.

우리가 타고 있던 19인승 미니버스는 매우 비좁았고, 에어컨 시설을 갖추고 있지 않았으므로 30도가 넘는 폭염 속에서 비지땀을 흘려야 했다. 등받이에 머리를 기대자니 도로사정이 좋지 않아 머리가 좌우로 흔들리고, 다리를 뻗자니 무릎이 의자에 닿고, 몸을 옆으로 기대자니 이번엔 머리가 창가에 닿고…도대체 어떻게 몸을 가누어야 할지 답이 나오지 않았다.

어쩔 수 없이 우리는 서로를 위로하면서 갔다. 나와 K교수, A기자, K사장, K전무 는 흔들리는 버스 속에서, 고추장을 바른 마늘종을 안주 삼아 맥주를 마셨다. 맥주의 반은 입 속으로 들어갔지만, 나머지 반은 옷에 흘렸다. 그래도 맥주 맛은 남달랐다. 창밖엔 푸른 초원이 한 없이 펼쳐져 있었고, 간간이 보이는 소와 말들은 한가롭게 풀을 뜯고 있었다. 푸른 초원을 보니 마음이 조금씩 안정되어 갔다. 대낮의 이글거리는 태양도 자취를 감췄고, 시원한 바람이 창가로 흘러들어 왔다. 잠깐 동안이지만 고생 뒤에 오는 행복감을 느꼈다.

도심지에서 우크라이나의 국경까지는 8시간이 걸려서, 밤 11시에 도착했다. 국경의 분위기는 삼엄하고 인적은 드물었으며, 어두컴컴했다. 우리는 언제 국경을 통과하게 될지 알 수 없어 불안한 마음으로 초조하게 기다리고 있었다. 국경을 넘으려면 먼저 철문으로 굳게 닫힌 검문소를 통과해야 한다. 그런데 분위기를 보니 우리를 쉽게 통과시켜 줄 것 같지는 않았다.

우리는 안 되겠다 싶어, 나이가 어려보이는 경관에게 담배 두 갑을 건넸다. 그는 얼른 담배를 확인하고 주머니에 깊숙이 넣더니, "OK" 하면서 검문소를 통과시켜 주었다.

'아직도 뇌물이 통하는 나라가 있구나' 라고 생각했다.

검문소에서 국경 입구까지는 겨우 100m 거리 정도 밖에 되지 않았다. 모든 것이 잘된 줄 알았는데, 그것은 시작에 불과했다.

이번에는 제복을 입은 경관이 다가와서는 "시동을 끄고, 움직이지 말고 가만히 기다리시오!" 하고 퉁명스럽게 말했다.

불안한 마음으로 어둠 속에서 서로 얼굴을 마주보고 있었다. 하지만 긴장된 시간은 그리 오래가지 않았다. K전무가 경관에게 다가가 10달러를 건넸다. 그 경관은 돈을 확인하고는 얼굴에 미소를 지으면서 여권을 가지고 오라고 했다. 출국수속은 빠른 속도로 이루어 졌다. 여권을 대충 확인하고는 출국 스탬프를 '쾅쾅' 하고 찍어주었다. 우리는 모두 탄성을 질렀다.

"돈이 좋긴 좋구나!"

우리는 밤 12시 10분쯤에 우크라이나 국경을 벗어나 몰도바로 향했다. 몰도바는 1991년 구소련에서 독립한 공화국이다. 우크라이나, 루마니아와 국경을 접하고 있으며, 면적은 우리나라의 1/3 정도의 크기에 불과한 작은 나라이다.

우크라이나와 국경을 사이에 두고 강이 흐르고 있었다. 버스는 희미한 가로등을 따라 좁은 다리를 조심스럽게 건너갔다. 몰도바의 국경도 경비가 매우 삼엄해 보였다.

우리는 여권을 경관에게 제시한 다음, 입국수속을 기다렸다. 20분이 지나서 여권에 입국 스탬프를 받았다. 국경을 통과하자 버스는 다시 고속도로를 과속으로 질주하기 시작했다. 우리는 배고픔과 피로에 지쳐 그만 녹초가 되었다.

시간이 얼마나 지났을까? 새벽 3시쯤, 고속도로를 질주하던 버스가 갑자기 휴게소 도로변에 멈춰 섰다. 운전기사가 피로에 지쳐 더 이상 갈 수 없는 상황이 벌어졌다. 나와 P시장, L의원은 밖으로 나와 커피를 마시면서 하늘을 쳐다보았다. 수십만 년 전에 태어난 별들이 우리를 향해 빛을 보내고 있었고, 황홀한 새벽 공기가 신선하게 코끝을 스쳐갔다. 나는 조금씩 자연 속으로 빠지면서 시원始原과 마주선 느낌이 들었다. 우리가 풍경을 감상하고 있는 것이 아니라, 어느새 풍경 그 자체가 되어 있었다.

운전기사는 1시간 쯤 휴식을 취한 뒤, 계속해서 목적지를 향해 날아갈 듯 달리기 시작했다. 우리는 피로와 굶주림에 지쳐 곯아 떨어졌다. 얼마나 달렸을까? 어느새 날이 훤하게 밝아오고 있었다. 도시는 아직 잠이 깨지 않았는지, 인적이 드물었고 고요했다. 마치 우리가 도시의 거대한 문을 처음 여는 개척자인 것만 같았다. 눈앞에 신대륙처럼 떠오르는 도시의 모습은 신비한 느낌으로 다가왔다.

나는 부스스한 얼굴을 부비면서 시계를 보았다. 시계는 새벽 5시를 가리켰다. 저녁도 먹지 못하고 밤을 꼬박 새우며 14시간을 달려왔다. 결국 1,000km에 이르는 긴 도로에서 까만 밤을 하얗게 지새웠다.

우리는 무사히 호텔에 도착해 호텔투숙 절차를 마친 뒤, 새로운 도시와 만날 일단의 기대를 잠시 접은 채, 각자의 방으로 들어가 커튼을 드리우고 꿀 맛 같은 아침잠을 청했다. 📷

혼자 여행을 떠나는 사람은 오늘이
라도 출발할 수 있지만, 남과 함께
떠나는 사람은 그 사람이 준비될
때까지 기다려야 한다.

– H. D. 로소

꙾

고전회화의 전당인 프라도 미술관은 신 고전 양식으로 '카를로스 3세' 때 지은 것으
로, 내부에는 116개의 방이 있으며, 16,18세기의 기간에 걸쳐 스페인 왕가가 수집한
회화와 조각 등 6,000여점의 미술품이 소장되어 있다.

태양의 문

푸에르타 델 솔 광장
표고 646m 스페인의 정점
모든 도로는 여지없이
떠오르는 힘의 원천을 지난다
스페인 왕가의 의식이 이루어지고
종교재판의 화형식이 거행되던 곳
나폴레옹을 상대로
맨손으로 저항했던 시민정신은
지난역사를 증명하며
활기차게 태양광장을 활보한다
마드리드를 둘러싸고 있는
성벽 일부에
떠오르는 태양[sol] 문양이 새겨진
성문城門이 있었다는데
흔적도 남지 않은 오늘
마드리드가 낳은 문인들 초상화와
허망한 권력을 지우는 시계탑만이
가장 스페인다운 시민의 웃음을
내려다보고 있다

스페인 여행

유럽 대륙의 남서쪽 끝으로 돌출한 이베리아 반도의 대부분을 차지하고 있는 스페인으로 가기위해 네덜란드의 암스테르담을 경유해 15시간 만에 마드리드(Madrid)에 도착했다. 마드리드는 표고 646m에 이르는 높은 곳에 위치해서 그런지, 여름인데도 가을 날씨처럼 선선했다.

마드리드에는 다채로운 문화유산과 풍부한 관광명소가 도시 곳곳에 산재해 있다. 게다가 도심지에는 아름다운 예술작품과 화려하고 웅장한 유물들이 가는 곳 마다 발길을 멈추게 했다. 스페인 광장, 그린비아 거리, 시벨레스 광장 등 역사적인 기념물과 중세 때 지은 건축물들이 나란히 들어서 있다.

마드리드에서 가장 먼저 방문한 곳은 마드리드의 중심인 푸에르타 델 솔이었다. 스페인의 정점인 이곳은 마드리드의 지하철과 10개의 도로가 집중하는 광장으로서 가장 활기찬 지역 중 하나이다. 관광의 시초인 광장에는 다양한 음식점과 상점, 카페테리아와 잡화상들이 많아 구경할 것이 많았다. 가장 스페인다운 물건을 사려면 만남의 광장인 이곳에서 구입하면 좋다.

푸에르타 델 솔 광장은, 15세기에 마드리드를 둘러싸고 있는 성벽城壁의 문이 있던 자리이다. 성 문門에는 떠오르는 태양의 문양이 장식되어 있었으므로 '태양의 문' 이라는 이름을 얻게 되었다. 16세기까지 태양[sol]의 모습이 새겨진 성문이 있었으나, 현재는 성문을 볼 수 없다. 시계탑이 설치되어있는 광장에는 스페인 전국 도로의 기점이 되는 이정표와 카를로스 3세의 동상이 있다. 이 광장에서 스페인을 침략했던 '나폴레옹' 군대를 상대로 시민들이 맨손으로 저항을 했다고 한다.

푸에르타 델 솔에서 마요르 거리를 따라 2분 정도 내려가면 마요르 광장이 나온다. 각종 축제가 열리는 이곳은 왕가의 의식이나 투우, 종교재판과 화형식이 있었던 곳이다. 광장 중앙에는 1619년에 광장을 처음 만든 '펠리페 3세' 의 기마상이 서 있다. 광장 북쪽에는 2개의 첨탑이 우뚝 솟아 있고, 그 사이에는 'Plaza Mayor' 라는 문장이 새겨져 있다. 또한 벽에는 '세르반테스' 등 마드리드가 낳은 문인들의 초상화가 그려져 있다. 곳곳에 음료와 그림엽서를 판매하는 노점상과 관광객들로 붐비고 있었다.

고전회화의 전당인 프라도 미술관은 신 고전 양식으로 '카를로스 3세' 때 지은 것으로, 내부에는 116개의 방이 있으며, 16,18세기의 기간에 걸쳐 스페인 왕가가 수집한 회화와 조각 등 6,000여점의 미술품이 소장되어 있다.

프라도 미술관이 자랑하는 최고의 화가는 고야(Goya : 1746-1828)이다.

미술관 2층 고야 전시실에는 그의 대표 작품인 '옷을 입은 마야', '나체의 마야', '카를로스 4세의 가족' 등 유화 114점과 데생 470점이 전시되어 있다. 고야는 옷을 벗은 마야 그림으로 누드에 대한 금기에 당당하게 도전하였고, 음란죄로 고소당하기도 하였다.

마드리드 여행의 하이라이트는 왕궁을 둘러보는 일이다. 호화로움의 극치인 왕궁은 규모가 세계적일 뿐만 아니라 마드리드에서 첫 번째로 손꼽히는 중요한 건축물이다. 1738년 '펠리페 5세'의 지시로 설계되어 1764년에 완성된 왕궁은 이탈리아 양식을 도입하였으며, 내부에는 2,800개에 이르는 많은 방이 있다. 실내는 호화로운 장식과 조각으로 꾸며져 있고, 현재 일반인에게 공개되고 있는 방은 50여개 정도이다.

방 마다 특색 있게 꾸며놓은 인테리어, 바닥에 깔린 아름다운 카펫, 고급시계, 세계적인 명화, 호화로운 집무실, 은색 샹데리아, 고급 실크 벽지, 콜롬부스가 이사벨라 여왕에게 신대륙 발견을 보고한 천정화 등 일일이 열거할 수 없을 정도로 많으며, 웅장한 규모와 호화로움에 숨이 막힐 정도였다.

마드리드에서 1박을 한 후, 톨레도(Toledo)로 이동했다. 세르반테스의 소설 〈돈키호테〉의 고향 카스티야−라 만차의 가장 아름다운 도시 톨레도는 중세의 분위기를 그대로 간직하고 있는 관광지이다. 톨레도는 낮은 언덕에 위치하고 있어 여름엔 덥고 겨울엔 추운 전형적인 대륙성 기후를 띄고 있다. 3월부터 5월까지가 톨레도를 여행하기 가장 좋은 시기이다. 마드리드로부터 남쪽으로 70km 정도 떨어져 있으며, 자동차로 1시간 30분이 소요되었다.

3면이 타호 강에 둘러싸인 톨레도는 굴곡진 역사를 간직하고 있다. 대표적으로 2세기에는 로마의 식민지로, 11세기에는 이슬람교의 지배를, 그 이후 기독교도들의 점령을 받았다. 그로 인해 톨레도에는 기독교, 유대교, 이슬람교의 흔적이 공존하고 있으며 중세의 모습과 이슬람교 문화의 발자취를 그대로 간직하고 있다. 유네스코가 지정한 세계문화유산에 등록되어 있는 이곳은 대사원을 중심으로 온통 고색창연한 건축물들이 줄을 잇고 있어 독특한 분위기를 느끼게 한다. 고풍스런 성벽 사이로 미로迷路 같은 좁은 길이 오래된 가옥 사이를 굽이굽이 누비고 있다.

좁은 골목길을 따라 걸어 올라가면 웅장한 대사원이 나온다. 톨레도의 심벌이라 할 수 있는 대사원은 프랑스 고딕양식의 건물로서 성당 종루의 높이가 113m에 달하는 구시가지 중심에 우뚝 솟아있는 석조건축물이다. 1226년 히메네스 데 라다 대주교의 명령에 따라 '페르난도 3세' 에 의해 1227년에 건설을 시작하여 266년이 지난 후에야 부분적인 완성을 이루었다고 할 정도로 심혈을 기울인 건축물이다.

정면입구에는 정교한 조각으로 새겨진 3개의 문이 있으며, 내부에는 엘 그레코, 고야의 성경을 주제로 한 예술작품뿐 아니라 22개의 예배당을 비롯한 합창실, 예수님실, 추기경실 등과 신약 성경을 주제로 한 화려한 스테인드글라스를 감상할 수 있다.

합창실은 미사와 성경을 공부하는 방인데, 3면에는 카오가나무(흑단)로 만든 코로(Coro) 의자가 무려 119개나 진열되어 있고, 의자 하나하나에는 그라나다전쟁의 장면이 섬세하게 조각되어 있다. 예수님실은 대성당 중에서 가장 호화롭게 장식된 제단으로 그리스도의 생애가 5열에 걸쳐서 섬세하게 조각되어 있고, 추기경실에는 역대 추기경들의 초상화가 나열되어 있다.

성구실은 미술관으로서 내부에는 '엘 그레코(El Greco)'의 작품인 붉은 옷을 입은 예수의 그림이 있다. 그밖에 '고야', '반다이크' 등의 걸작인 종교화가 전시되어 있다. 보물실에는 각종 보물이 보관되어 있는데, 그 중에서도 16세기 초에 '엔리케 알화'에 의해서 제작된' 성체현시대聖體顯示臺'라고 하는 거대한 작품이 있다. 이 작품은 전체가 금과 은으로 만들어졌고, 5,000개의 부품으로 이루어진 걸작품이다.

산토토메 성당은 '엘 그레코'의 유명한 그림 한점 '오르가스 백작의 매장'을 관람하기 위해 세계의 관광객들이 모여든다. 1322년에 있었던 오르가스 백작의 장례식을 묘사한 이 그림에는 윗부분에 그리스도와 성모마리아에게 백작의 혼이 천사에 의해 바쳐지는 장면과 화폭의 밑 부분에 '성 아구스틴'과 '성 에스테반'이 지상에 내려와 죽은 백작을 매장하고 있는 장면이 그려져 있다. '엘 그레코'가 그린 최고의 걸작으로 알려져 있으며, 사진 촬영은 철저하게 금지되어있다.

스페인을 여행하다 만난 다양한 종류의 유물들과 예술 작품으로 인해, 우수한 문화를 마음껏 보고 즐길 수 있었으니 크나큰 행운이었다. 세월을 주도하는 문화의 위상을 제대로 실감할 수 있었던 유익한 여행이었다. 📷

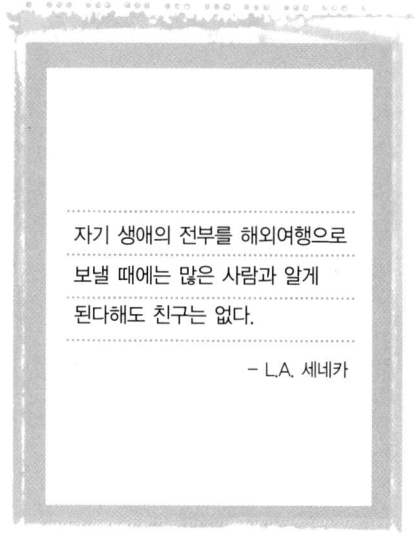

자기 생애의 전부를 해외여행으로
보낼 때에는 많은 사람과 알게
된다해도 친구는 없다.

- L.A. 세네카

통나무를 배를 타고 나일 강을 건너, 네크로 폴리스로 이동했다. 곡창지대가 끝나자 '죽음의 땅' 으로 불리는 사막이 끝없이 펼쳐져 있었다. 기온은 점 점 올라가 어느새 50℃를 웃돌고 있었다.

이집트 여행

여름을 기다리는 이유는
단지 미지의 세계로 떠나기 위함이다
색다르게 다가오는 여행의 동경에
나는 날마다 몸살을 앓다
젊음의 날들을 지나
무더위에 시들어버린 과일 등속처럼
축축 처지는 일상을 벗어나기 위한 처절함
나일강가의 풍요를 만나고서야
새로운 아침을 맞이할 수 있으리라

훌륭한 여행자의 길을 막아서는
50℃를 넘나드는 뜨거운 숨결 속에서
신의 눈총에 검게 그을린
이집트의 노인과 아이를 보았다
거대한 룩소르 신전의 이글거리는 눈빛은
사람의 눈가에 서린 우수를 조롱하고 있다
신을 바라는 가난한 사람들의 이야기
태양을 이고 사는 깡마른 노인에게는
이곳이 회생할 수 없는 땅이거늘

잊을 수 없는 이집트 여행

많은 사람들이 여름을 기다리는 이유는 어디론가 미지의 세계로 떠나기 위함이 아닐까? 가뭄 끝에 단비처럼, 끝없이 펼쳐진 사막의 오아시스처럼, 무더운 여름날의 여행은 일상의 갈증을 없앨 만큼의 색다른 경험으로 다가올 것만 같았다. 이러한 이유로 올여름 여행은 더운 계절에 누구도 가고 싶어 하지 않는 아프리카의 이집트로 가기로 했다.

인천국제공항에서 암스테르담을 경유해 스페인, 그리스, 터키를 관광하면서 마지막 이집트로 향했다. 이집트의 카이로공항은 생각보다 경비가 삼엄했다. 입국심사관은 흰색의 군복에 검정색 베레모를 쓰고, 권총을 차고 있었다. 불안한 마음으로 입국수속을 마치고 주차장으로 나왔는데, 밖에는 탱크가 마치 금방이라도 전투를 벌일 태세로 열병하듯 늘어서 있었다. 공항에서 호텔로 가는 길목에도, 건물의 옥상에도 군인들이 총을 들고 우리를 노려보듯 경계를 서고 있었다. 심지어는 호텔을 출입하는 모든 사람들을 검문검색은 물론 현관문에 X 레이 투시

검사대를 설치해두고 한 명 한 명씩 몸을 수색하고 있었다.

도착하자마자 이집트에 온 것을 후회했다. 1개월 전쯤 '이집트의 한 휴양지에서 총기난사 사건이 일어났다.' 던 신문기사가 생각났다.

"과연 무사히 여행을 마치고 돌아갈 수 있을까?" 난 혼자 중얼거렸다. 감시를 받으면서 여행을 해야 한다니, 걱정이 태산이었다.

새벽에 일어나 커튼을 열고 밖을 보니 아직도 군인들이 삼엄하게 경비를 서고 있었다. 아마도 건물 옥상에서 밤을 지새운 듯 보였다. 그들은 자기 위치에서 벗어날 수 없어서인지 빵으로 간단하게 아침식사를 해결하고 있었다. 우리일행은 아침을 먹고 이집트의 국내선 항공기를 이용해 남쪽에 위치한 룩소르로 향했다.

룩소르는 카이로에서 남쪽으로 약 680km 지점에 있는 고도古都로 중왕조와 신왕조의 유적이 밀집해 있는 지역이다. 약 400년에 걸쳐 번영을 누린 이 도시에는 대규모 신전이 건립되고, 나일강 서쪽 기슭에 묘소가 조성되어 신 왕국 시대의 영화를 말해주고 있다.

아침 8시 쯤 룩소르 공항에 도착했을 때, 기온은 벌써 38℃였다. 공항에 도착하자마자 나일 강 선착장으로 이동했다. 나일 강 주변에는 사막지역과는 달리 곡창지대를 이루고 있었다. 통나무를 배를 타고 나일강을 건너, 네크로 폴리스로 이동했다. 곡창지대가 끝나자 '죽음의 땅' 으로 불리는 사막이 끝없이 펼쳐져 있었다. 기온은 점 점 올라가 어느새 50℃를 웃돌고 있었다.

난 왼 손에 우황청심환을 들고, 오른 손에는 생수를 들고 다녔다. 선글라스를 착용하지 않으면 눈을 뜰 수 없고, 정상적으로 숨을 쉬는 것도 어려웠다. 난간에 기대지 않고는 몇 초를 똑바로 서있을 수 없었고, 가이드의 설명을 집중해서 들을 수 없을 정도의 날씨였다. 이렇게 무더운 날씨는 난생 처음이었다. 이런 여행을 스스로 계획한 나는 또 한 번 후회했다. '사서 고생' 이란 말은 바로 이번 여행을 두고 하는 말이 되어 버렸지만, 새로운 것을 섭렵하고 배울 각오로 '고통스러운 여행을 나름대로 백배로 즐겨 보자.' 굳게 마음먹었다.

네크로 폴리스는 신왕국 시대의 부귀와 영화를 상징시키는 곳이다. 현재 사람들이 거주하고 있는 활기찬 룩소르에 비해서, 나일 강의 서쪽은 역사 속에 묻힌 죽은 자들의 도시로 엄격히 구분되고 있다. 이곳에 있는 무덤의 숫자를 누구도 정확하게 알 수는 없지만, 몇 천개 정도가 될 것이라 추정할 뿐이다. 우리는 B.C. 1200년에 만든 '왕가의 골짜기' 와 고대 이집트의 여왕 하트세프수트가 축조한 '데르 알바하리 신전', 한 쌍의 거대한 석상인 '멤논의 상' 을 둘러보았다.

오전 11시 쯤 관광을 마치고, 다시 나일 강을 건너 호텔로 돌아왔다. 난, 죽음의 땅에서 더위와 싸우면서 어렵게 살아가는 노약자들이 생각났다. 그들의 얼굴은 이글거리는 태양에 검게 그을려 있었고, 초롱초롱한 눈가에는 가난과 우수가 서려 있었다. 난 맛있는 뷔페를 먹으면서 여행 중에 마주쳤던 그들에게 미안함을 느꼈다.

점심식사 후 우리는 호텔 방으로 들어가 낮잠을 청했다. 이곳에서는 날씨가 너무 더워 12시부터 오후 3시까지는 무조건 외출이 금지된다. 아무도 밖으로 나갈 수 없는 상황이 벌어진 것이다. 오로지 창밖으로 이글거리는 거리풍경을 바라보는 것만 허용되었다. 지친 몸을 쉬게 해

주어야 함에도 불구하고 쉽게 잠이 오지 않았다.

나름대로 충분한 휴식을 취한 다음, 오후 3시에 우리는 마차를 타고 시내의 좁은 골목길을 따라 구석구석을 돌아보았다. 찌는 듯 한 무더위는 수그러들지 않고 여전했으므로 재래시장의 야채며 과일, 그리고 강아지와 상인들까지 눈앞에 있는 모든 것들이 더위에 지쳐 축 늘어져 보였다. 룩소르 재래시장을 돌아보고 난 후, 버스를 이용해 카르나크 신전으로 향했다.

룩소르 시가의 중앙 나일 강변에 위치한 카르나크신전은 현존하는 신전 가운데 최대의 규모로 B.C. 2천년부터 건립되기 시작했으며, 제12왕조 세누세르트 1세의 성당이 남아 있다. 룩소르신전은 카르나크 신전의 부속 신전으로 제18왕조의 아메노피스 3세가 이집트 최고의 태양신 아멘을 모셨던 곳이며, 열주列柱를 많이 사용한 것이 특색이다. 아메노피스 2세와 3세의 석상, 오벨리스크(obelisk)는 보는 이들을 압도한다. '황량한 사막 위에 이들은 어떻게 거대한 신전을 세울 수 있었을까?'

관광을 마치고 우리는 카이로로 돌아가기 위해 룩소르공항으로 향했다. 공항에서 카이로 행 항공기 탑승을 기다리고 있었다. 그런데, 우리 일행 중 5명의 항공좌석이 없는 것이었다. 다행히도 내 좌석은 있었다. 우리는 현지 가이드와 합세하여 거세게 공항 직원에게 항의했지만, 그들은 미동도 하지 않았다.

결국 우리는 대책회의를 할 수 밖에 없었는데, 누군가가

"연장자부터 먼저 보냅시다." 하고 제의를 하자 모두들 좋다고

했다.

나도 기꺼이 동의했다. 졸지에 1팀과 2팀으로 나뉘게 되었다.

1팀이 떠난 뒤 나머지 5명은 불안한 마음으로 낮에 잠시 투숙했던 호텔로 되돌아 왔다. 밤 11시 비행기를 타기위해 저녁을 먹으면서 무료한 시간을 보냈다. 먼저 출발하여 지금 쯤 호텔에서 샤워하고 편안하게 쉬고 있을 1팀을 생각하니 부럽기도 하고 조금은 밉다는 생각이 들기도 했다.

밤 10시가 되어 우리는 다시 공항으로 갔다. 곧 떠나게 될 것이라는 기대를 하면서 카이로 행 비행기를 기다리고 있었다. 시간이 얼마나 흘렀을까? 직원이 다가와 탑승자 명단을 불렀다. 다행히도 이번 명단에도 내 이름과 또 한 사람의 명단은 있었지만, 나머지 3명의 이름은 어디에도 없었다. 우리는 항의하듯 따졌지만, 직원들은 문을 '꽝!' 닫고 사라져 버렸다.

어쩔 수 없이 나는 2팀이 되어 나머지 3팀 일행을 뒤로 한 채, 미안한 마음으로 카이로 행 항공기에 탑승했다. 죽음의 땅에 남아 있는 3팀을 생각하니 마음이 편하지 않았다.

"함께 떠났으면 좋았을 걸…"

카이로의 호텔로 돌아와 시계를 보니 새벽 3시가 넘은 시간이었다. 룩소르에 남아있는 3팀이 마음에 걸렸지만, 모든 것은 운명이려니 생각하며 스스로 위안을 했다.

아침이 되자 마지막 팀도 무사히 카이로에 도착했다. 우리는 호텔에서 아침식사를 하면서 어제 있었던 일들을 얘기하고 있었다. 앞서 출발했던 1팀을 태운 항공기가 다른 지역으로 잘 못 가는 바람에 새벽 3시쯤에 도착을 했다는 것이었다. 아마도 조종사가 졸음 비행을 한 모양이다. 결국 모두 비슷한 시간에 도착을 한 셈이 되었다. 잠시 그들을 미워했던 순간을 후회하며 인간사 '새옹지마塞翁之馬'란 생각을 했다. '긴장 속에 다녔던 여행의 고충이 잊지 못할 소중한 기억의 편린으로 내 인생의 부분을 멋지게 장식한 것이구나' 싶어 이집트에서의 감회가 색다르게 다가왔다. 📷

ॐ

나이아가라 폭포는 강의 가운데 있는 코스트 섬으로 인해 크게 물줄기가 두 줄기로
갈라지는데 아메리카 폭포와 캐나다 폭포로 나뉜다. 강의 우측은 미국의 뉴욕 주에
속하고, 좌측은 캐나다의 몬테리올 주에 속한다.

나이아가라

흐름이 중단되는 곳
부드러운 성품이 단절되면
이어 천길 나락이다
지나면서 귀담아 온 이야기
한꺼번에 쏟아 부으니
수직아래 언어의 소용돌이
청천青天의 벽력霹靂이다
나이아가라 폭포
세상 위용에도 불구하고
조금씩 뒤로 물러서며
단단한 제 살을 깎다
급기야 강에서 사라질 운명
혼돈의 물보라 속
폭포의 마지막 외침에
가슴 쓸어내리며 뱃전에 누운
여행자 홀로
무지개다리를 건너다

나이아가라 폭포의 위용

방학을 이용해 나는 G교수와 미국 뉴저지로 갔다. 뉴저지는
뉴욕에서 자동차로 40분 거리에 위치한 도시로 미국에
서도 가장 아름답고 살기 좋은 곳이다. 도시는 푸른 잔디와 나무로 울
창했고, 별장 같은 저택들이 즐비하게 들어서 있었다. 집에 다다르자
G교수 형제들이 우리를 반갑게 맞이해 주었다. 집은 2층으로 된 조립
식 건물로 주변은 울창한 수목과 금잔디가 사방으로 에워싸여 있어, 가
족들은 그림 같은 저택에서 여유롭게 삶을 영유하고 있는 듯 했다.

나는 2층의 게스트 룸에서 머물렀다. 방은 아담했고, 창문을 통해 마
을의 경치를 한 눈에 조망할 수 있어서 좋았다. 건물 지하에는 당구대
가 설치되어 있어 가끔은 가족들과 함께 게임을 즐겼다. 숲 속에서의
생활은 행복했다. 때때로 토끼와 다람쥐가 다가와 속삭이고, 숲에서
나오는 피톤치드는 온 몸을 건강하고 상쾌하게 해 주었다.

나는 뉴저지에서 1개월 간 체류하면서 뉴욕과 애틀랜타로 자주 여행

을 다녔다. 뉴욕에서는 배를 타고 자유의 여신상과 섬을 일주하고 아름다운 해변에서 수영을 즐겼다. 애틀랜타에서는 카지노 게임을 처음 경험해 보기도 하였는데, 운 좋게도 조금의 이익을 챙기게 되었다. 공짜로 생기는 이익은 오래가지 않는 법이라기에 물건으로 남기는 것이 좋겠다 싶어 기념으로 시계를 구입하고 난 후 게임을 더 이상 즐기지 않았다.

미국생활에 적응해 갈 무렵 나와 G교수는 미국과 캐나다 국경에 위치한 나이아가라 폭포(Niagara Falls)를 가 보기로 하였다. 뉴욕에 있는 여행사에 예약을 한 뒤 출발장소로 나갔다. 우리는 아침 9시에 예약된 관광버스에 올라 1박 2일간의 여행을 떠났다.

도심지를 벗어나자 광활한 벌판이 한 눈에 들어왔다. 창밖으로 보이는 벌판은 가도 가도 끝이 없었다. 푸른 곡창지대에서 농부들은 소형 항공기를 이용해 씨앗을 뿌리고, 최첨단 기계로 농작물을 거두고 있었다. 미국이 세계적인 '식량 원조국가' 라는 것을 실감케 했다.

세계 10대 폭포 중에 하나인 나이아가라 폭포는 뉴욕에서 9시간이 소요될 정도로 아주 먼 거리에 있었다. 저녁 6시쯤에 나이아가라에 도착했다. 먼저 폭포 주변의 아담한 호텔에 여장을 풀었다.

폭포의 장관을 가까이서 볼 수 있는 곳은 캐나다 쪽에서는 퀸빅토리아 공원이고, 미국 쪽에서는 아메리카 폭포의 끝에 있는 프로스펙트포인트이다. 이곳에서 300m 하류 쪽으로 내려간 계곡에 걸쳐있는 레인보 다리이다. 폭포의 경치는 캐나다 쪽이 단연 아름답기 때문에, 우리는 레인보 다리 입구에서 캐나다 입국 비자를 받고 다리를 건너 경관이 가장 아름답다는 퀸 빅토리아 공원으로 갔다. 이곳에는 나이아가라 폭포를 보기위해 세계 각국에서 모여든 관광객들로 붐비고 있었다. 폭포는 굉음을 내면서 낙하하고 있었고, 물안개 속으로 마치 성난 파도가 하얀 포말을 일으키며 달려드는 것 같았다. 관광객들은 탄성을 지르면서 폭포의 장관을 카메라에 열심히 담고 있었다.

미국 5대호의 하나인 이리 호에서 흘러나온 나이아가라 강이 온테리오 호를 향해 북류하는 도중에 형성된 폭 1km의 대폭포가 나이아가라 폭포이다. 이 폭포가 있다는 사실에 대하여 이곳의 원주민인 인디언 이뤄코이족(Iroquois)들은 옛날부터 알고 있었다. 백인들에게 처음 발견된 것은 1678년에 프랑스 신부 루이 헤네핀(Louis Hennepin)에 의해서이고 그의 기행문을 통해 나이아가라 폭포가 유럽에 알려졌다고 한다. 이곳은 해마다 천만 명이 넘는 많은 관광객으로 붐비고 있다.

나이아가라 폭포는 강의 가운데 있는 코스트 섬으로 인해 크게 물줄기가 두 줄기로 갈라지는데 아메리카 폭포와 캐나다 폭포로 나뉜다. 강의 우측은 미국의 뉴욕 주에 속하고, 좌측은 캐나다의 몬테리올 주에 속한다.

캐나다 쪽 폭포는 나이아가라 강의 본류가 흘러서 떨어지는데, 낙차는 48m, 너비는 826m로, 폭포의 중심이 침식되어 있어서 '호스슈(말발굽)폭포'라고도 한다. 반면, 미국 쪽 폭포는 낙차 51m, 너비 323m로 캐나다 폭포에 비하면 수량은 6분의 1정도 밖에 안 된다. 폭포의 벼랑은 상부가 굳은 석회암이고 하부는 사암위에 단단한 백운암으로 덮여 있는데, 나이아가라의 물이 일부 수력발전을 위해 전환되었음에도 불구하고 절벽부분 상부는 높은 수압으로 인해 1m씩 뒤쪽으로 깎이고 있다. 허물어지는 절벽을 보호하기 위해 미국 정부는 붕괴를 약하게 하려 노력중이다.

나는 캐나다 쪽에서 폭포의 위용을 관람하고 다시 국경을 넘어 미국으로 돌아와 호텔에서 1박을 했다. 폭포에서 떨어지는 굉음소리는 객실에서도 들을 수 있었다. 폭포 물소리는 거친 듯하지만 심신을 안정시키는 묘한 리듬이 있다. 나는 아름다운 자연의 소리를 들으면서 멀리 이국땅에서 달콤한 잠을 청했다.

다음 날 아침, 우리는 배를 타고 폭포 밑으로 접근하여 관람하는 관광선 투어를 신청했다. 매표소에서는 입장권과 비닐 우비를 나누어 주었다. 우리는 비닐 우비를 입고 일렬로 줄을 섰다. 우비를 입은 관람객들은 우주에서 온 외계인 같았다.

우리 차례가 되어 폭포 밑까지 승강기를 타고 내려가서 배에 승선했다. 급류를 거슬러 폭포 밑으로 다가가는 일은 정말 아슬아슬하고 스릴이 넘쳤다. 배가 폭포 가까이 다가 갈수록 물보라는 하늘 높이 날아오르고, 한편 요란한 굉음을 내면서 아래로 쏟아졌다. 나는 물소리에 그만 고막이 찢어질 것만 같았다. 마치 폭포 밑은 폭우를 동반한 강한 폭풍이 불어오는 것 같아서 물살과 함께 심하게 흔들리고 있었다. 배가 요동을 칠 때마다 관람객들은 나라를 초월한 언어로 괴성을 질렀다.

폭포 밑으로 쏟아지는 하얀 포말은 우리의 온 몸을 사정없이 퍼부었다. 잠시 조용하다 싶으면 또다시 퍼붓고, 그럴 때마다 관람객들은 공포에 질려 벌벌 떨었다. 지옥이 따로 없었다. 결국 관람객들은 바닥에 주저앉고 말았다. 난 배의 난간을 꼭 잡고 버텼다. 하지만, 인정사정도 없는 파도는 나의 얼굴과 온 몸을 마구 후려쳤다. 지칠 대로 지쳐 무섭다는 생각 외에는 아무런 생각이 떠오르지 않았다. '내가 단단히 미쳤지! 비싼 돈 내고 이 배를 왜 탔을까…' 후회가 엄습해 왔다.

배가 물보라를 벗어나자 어느덧 폭포 위에는 아름다운 무지개가 걸려있었다. 나이아가라 폭포 주변에서는 항상 무지개를 볼 수 있는데 이 무지개를 보면 행운이 따른다는 속설이 있다. 날마다 위험천만한 관광선 투어를 하고도 모두들 무사하게 살아나오니 행운이 따른다는 속설이 맞긴 맞는가 보다. 공포의 시간이 지나고 환상적인 무지개를 보고 나서야 주변의 경치가 한눈에 들어왔다.

위험한 순간을 보내고 난 후 만나는 평안함은 평상시의 몇 곱절의 안식을 느끼게 한다. 거대한 폭포 아래서 공포를 느꼈던 위급한 시간이 오히려 인생의 많은 부분을 돌아볼 수 있는 소중한 시간이었음을 뒤늦게 깨닫게 되니 배에 오르기를 참 잘했다는 생각이 들었다. 사람의 힘보다 엄청난 자연의 위대함 앞에서 겸손한 마음을 챙겨올 수 있었던 귀한 체험이었다. 폭포의 위용에 그저 빈손으로 물러 선 것만은 아니라는 작은 기쁨이, 자연의 경이로움 앞에서 한없이 작아져 있는 나를 위로한다. 📷

추천서평

행동하며 사고하는 발(foot)의 언어

김순진(문학평론가, 스토리문학 발행인)

최기종 작가는 여행전문가다. 세계 각국과 국내를 그만큼 많이, 폭 넓게, 그리고 자주 여행한 사람도 드물다. 그는 그동안 교수로서 수많은 여행전문서적을 펴쳐냈고 그 책들은 대학교재로 쓰여 왔다. 그러나 그것은 어디까지나 대학교재라는 목적에 의해서 만들어진 책들이다. 그런데 이번에 엮어지는 책은 그간 여행한 곳에 대한 시(詩)와 수필(隨筆)이 함께 실려 독자가 이해하는 데 쉬울 뿐만 아니라 때론 영혼을 울리는 시로, 때론 가슴을 울리는 수필로 독자에게 다가간다.

그의 문학세계는 독특하다. 흔한 사랑이나 그리움 따위는 그의 문학에 존재하지 않는다. 무엇보다도 스토리를 토대로 한 그의 작품들은 재미가 있다. 그의 문학은 모든 게 발(foot)로부터 이루어진다. 이생진 시인은 시를 발로 써왔다고 직접 들은 바 있다. 이생진 시인이 제주도 시인으로 불리기까지 평생에 걸쳐 300여회 이상을 여행했다고 하니 그간 들어간 비행기 삯만으로도 직업이 교사였던 시인의 열정을 가늠해볼 수 있었는데, 하물며 최기종 작가는 국내뿐만 아니라 세계 수많은 나라들을 여행하여 글을 썼으니 그 열정에 감탄하게 된다.

보통, 사람들이 여행을 하게 되면, 맛있는 먹을거나, 골프관광, 유명 관광지를 소개하면서 자신의 부나 위치를 자랑한다. 그런데 최기종 작가의 글은 그런 자기자랑의 범주에서 벗어나 여행을 하면서 겪었던 에피소드를 일어나는 시간의 순서대로 재미요소와 재치를 가미하여 구성하거나, 그때그때 느꼈던 감정을 시로 승화하여 읽는 이로 하여금 고개를 끄덕이게 하고, 그 글 속에서 마치 자기가 여행을 하는 듯한 착각에 빠져들게 한다.

좋은 글이란 크게 세 가지로 구분될 수 있는데 첫째, 고개가 끄덕여지는 글, 둘째 그림이 그려지는 글, 셋째 마치 자신의 일인 양 동화되는 글이다. 최기종 작가의 글은 이 세 가지 모두를 충족한다.

그는 지난해에 〈스토리문학〉을 통해 수필로 문단에 나왔고, 금년에 〈문학세계〉를 통해 뒤늦게 시인이란 이름을 올린 작가지만, 그의 필력으로 보아 비단 어제 오늘에 쌓아온 실력이 아님을 금방 알아차릴 수 있다.

그를 만나본 사람이라면 우선 그의 깔끔한 외모에 반한다. 그것은 외모로만 본 판단이고 그와 대화를 하다보면 우리는 금방 그의 깔끔한 매너에 반하게 된다. 그러나 그것은 사회를 살아가는 사람들의 대화방식일 뿐이다. 문학에서는 아무리 외모가 출중하고 매너가 좋다 하더라도 문학적 완성도가 높지 않으면 훌륭한 문인으로 대우받을 수 없다. 다시 말해서 문체가 매끄럽지 않고 언어의 사용이 조악하거나, 주머니 속에 송곳을 넣은 듯 뾰족이 튀어나오는 언어구사로는 독자를 사로잡을 수가 없다.

그런데 그의 수필들은 이중삼중 아름다운 말을 동원하여 억지로 구사한 흔적이 없이 꼭 사용해야 할 언어만을 채택하여 긴장감을 갖게 한다. 경험을 토대로 진솔하게 쓰였기 때문에 여행의 좋은 지침서가 되고 또한 인생을 통찰하는 기회가 되기도 한다. 작가의 수필에는 자연을 통해 자신을 돌아볼 줄 아는 지혜가 들어있다. 결코 낙심하거나 좌절함을 허락하지 않으며, 여행을 통하여 앞으로 나아갈 수 있는 진취적 기상을 고취시켜줄 뿐만 아니라 가야만 한다는 의지와 이데아를 향한 희망의 메시지를 준다.

여행을 많이 해본 사람이라면 누구나 하는 말이 있다. 어디를 가나 사람 사는 것은 다 똑같다는 말이다. 모두가 추구하는 것은 단 한 가지뿐이니 그것이 행복이다.

"말을 타고 달리는/수평의 초원/정해진 길이 없는/테렐지의 모든 것은/하늘로 향한다/순전하게 웃는 사람들/마음을 여는/따뜻한 말[馬] 유(乳) 한 잔에/우정이 넘나드는 시간/인류의 사랑은/언어를 초월한다/마른 빵 몇 조각에/보드카 한 병/온 몸으로 대화하던/게르 속 진풍경/국경을 넘은 모든 것은/별과 함께 누웠다"

이 시는 그의 시 「몽골에서」전문이다. 이 얼마나 행복한 광경인가. 우리는 이 시에서 '모든 사람은 국경을 초월하여 자연의 일부' 고 '마른 빵 몇 조각에/보드카 한 병' 으로도 별이 될 수 있는 동화과정을 목격할 수 있다. 자연은 속이지 않으며 구속하지 않는다. 자연은 원망하지 않으며 순응한다. 자연은 탐하지 않으며 타의 존재를 인정한다. 그런데 사람들은 자기의 땅이라며, 나라라며, 경계를 긋고 철조망을 친다. 마음대로 오가며 날아가는 새들을 보라. 누가 그들의 권리를 빼앗겠는가. 이 책에는 사람이 여행을 통하여 자연을 배우고 동화하며, 순응하고 인정해야 하는 이유가 모두 들어있다.

최기종(崔基鍾)

- 강원 고성 출생
- 호는 자운

현직
- 시인
- 수필가
- 여행전문가
- 사진작가
- 경복대학 관광과 교수
- 축제 · 체험여행컨설턴트

학력
- 세종대학교 대학원 호텔관광경영학과 졸업/ 경영학 박사

등단
- 월간「문학세계」시 등단/ 신인문학상 수상
- 월간「스토리문학」수필 등단/ 신인문학상 수상

활동
- 세계문인협회 포천지회 회장
- 한 · 일 아쉬람사진작가회 회장
- 포천문화원 회원
- 사랑방 시낭송회 상임시인
- 문학공원 동인

위촉
- 행정자치부 지방행정혁신평가 평가위원
- 산업자원부 관광서비스부회 전문위원
- 한국직업능력개발원 여행안내원 직무분석 개발위원
- 포천시 외교자문 및 민간외교관
- 포천시 지명위원회 위원

상벌
- 국무총리표창, 교육부장관표창, 포천시장공로패

저서
세계여행문화탐방, 한국의 관광자원, 매너와 이미지메이킹,
투어컨덕터, 항공업입문, 포천(Pocheon), 포천문화유적탐방,
마른 이파리 한잎(동인지) 외 30여권

여행작가 **최기종** 교수의
시와 수필로 풀어낸 **참된 여행**의 재미

2008년 7월 25일 인쇄
2008년 7월 30일 발행

저　　자 | 최기종
편　　집 | 하　은
삽　　화 | 김재현
발행인 | 진성원
발행처 | 경덕출판사
등　　록 | 2003. 9. 23 제 6-517
주　　소 | 서울시 성북구 정릉 3동 653-40
전　　화 | 02)909-2348, 912-0856
팩　　스 | 02)912-4438

ISBN 978-89-91197-53-4 03810

값 13,000원